Porque hay silencio

Porque hay silencio

Alba Ambert

Arte Público Press
Houston, Texas
1998

This volume is made possible through grants from the National Endowment for the Arts (a federal agency), the Andrew W. Mellon Foundation, and the City of Houston through The Cultural Arts Council of Houston, Harris County.

Esta edición ha sido subvencionada por el Fondo Nacional para las Artes, la Fundación Andrew W. Mellon, y la Ciudad de Houston por medio del Concejo Cultural de Arte de Houston, Harris County.

Recovering the past, creating the future

Arte Público Press
University of Houston
Houston, Texas 77204-2174

Cover design by/Diseño de la cubierta: Ken Bullock
Original art "La Tormenta" by/Pintura "La Tormenta" de Gronk

Ambert, Alba N.
  [Perfect silence. Spanish]
  Porque hay silencio / by Alba Ambert.
  p.   cm.
  ISBN 1-55885-250-6 (pbk. : alk. paper)
  1. Mental illness—Fiction. 2. Puerto Rican women—Fiction. 3. Poverty—Psychological aspects—Fiction. I. Title.
  [PS3551.M23P4718   1998
  813'.54—dc21   98-28338
                                           CIP

First published by/Primera publicación de Ediciones Tres Tiempos,
Buenos Aires, 1987.

♾ The paper used in this publication meets the requirements of the American National Standard for Information Sciences—Permanence of Paper for Printed Library Materials, ANSI Z39.48-1984.

8 9 0 1 2 3 4 5 6 7   10 9 8 7 6 5 4 3 2 1

A Yanira

Desde adentro.
Desde el fondo de todo lo inevitable.
Desde el sollozo en espiral de espadas.
Desde la rama trágica
de un silencio perfecto.

Julia de Burgos

Prólogo

"Creo que dando el espíritu de la carne, del hueso, de la roca del agua, de la nube, de todo lo demás visible, se da la verdadera e íntima realidad, dejándole al lector que la revista en su fantasía."
(MIGUEL DE UNAMUNO)

El escritor, como todo ser humano, se enfrenta a dos mundos: el tangible y el ideal. Ambos constituyen su vida literaria y debe incorporarse a ellos con una milagrosa fusión que le permita vivir exuberantemente la realidad como un sueño y el sueño como una realidad.

Las personas y las cosas son y están. La tarea del escritor —noble e infatigable tarea— estriba en penetrar en la esencia y en la existencia de esos seres, en revelarnos sus misterios y sus circunstancias, en descubrirnos sus acciones y reacciones, en tomarles el pulso de tal manera que sintamos sus más leves e indefinibles matices.

El autor, en su discurso narrativo, jerarquiza las personas y las cosas, sus hechos y sus consecuencias. Y lo hace con exactitud y minuciosidad. Así cobra trascendencia lo físico y lo individual, lo social y lo síquico, lo externo o lo íntimo.

A la manera de Unamuno, en "Porque hay silencio", obra que nos ocupa, lo importante no es la descripción de los lugares —El Fanguito, la avenida Eduardo Conde, la avenida 138, el Sur del Bronx o Cambridge— ni los sucesos que afectan a Blanca Bernarda Isabel, Benjamín, el hombre de los ojos amarillos, a los enfermos mentales, a los anormales y a los marginados. La relevancia de la novela se cuaja al manifestar las actitudes y las tendencias de esos lugares y de estos personajes, extremándolos, como indica Julián Marías, "porque de esa forma muestran su ser, el ser al que propenden, a que se enca-

minan, su ser más verdadero. El relato es lo esencial, las pasiones humanas que en él se muestran".

El "ser" y el "hacer" de cada personaje constituyen su trascendencia y su definición. Cada una de las situaciones que los envuelvan, conllevará una carga de valores individuales y universales.

Blanca es la niña, la adolescente, la mujer que pasa de amo en amo, con una tarjeta de identidad precisa, firmada por el hambre, el dolor, la angustia y la explotación sexual. El hombre de los ojos amarillos —grosero, fuerte, sensual y grotesco— es el marido celoso, explotador, opresor, que sueña despierto en la infidelidad. Las mujeres seducidas y ultrajadas como Blanca, Rosa, Margarita. Rafael, el padre despótico e irresponsable.

El drama de la novela no es en sí el hombre o la mujer. El núcleo del mismo según Julian Marías es un caso y un modo de reaccionar ante él, un papel que se representa. Así, la gran mayoría de los personajes son sólo sujetos de un drama, soportes vivientes de una situación, de una peripecia azarosa o de un modelo abstracto de vida.

Podemos afirmar que, en esta novela, la creación de los personajes rezuma plena autenticidad en el núcleo esencial de los mismos. La vida oscura y miserable de Blanca, la protagonista, es un magnífico ejemplo de nuestra afirmación anterior. Sus angustias en Puerto Rico, en Nueva York y en Cambridge nos ponen en contacto con ella misma y, así, convivimos con ella a lo largo de la historia. Cuando terminamos la lectura, la protagonista se transforma en la persona que compadecemos o amamos por ella, sin estar demasiado al tanto de sus desgracias o de sus virtudes. Es el "ser" lo que cobra trascendencia.

"Porque hay silencio" es una novela que invita a leerse con la intención de ver en cada uno de sus personajes la realidad dolorosa que forma parte de su mundo en silencio, sin un medio de acceso a unos grupos sordos ante el reclamo del amor, la comprensión y la fe.

Su lectura en silencio producirá en sus conciencias silenciosos habladores de esperanzas y de ideal.

Les invito.

Dra. Irma N. Vázquez de Silvestre
Catedrática Asociada
Universidad de Puerto Rico

Capítulo I

La encontraron con una máscara. Casi muerta de una sobredosis de barbitúricos, yacía inconsciente en su alcoba, la cara cubierta por una máscara negra. La ambulancia aulló al apechar por las calles solitarias acarreando a la mujer enmascarada. En la sala de emergencias, bajo luces nimbadas de blancura cegadora, le viraron el estómago al revés, fatigando su faringe con sondas. Un equipo de médicos y enfermeras, eficientes y escrutadores, arrancaron la vida lesa, el aliento enteco, de sus cavidades oscuras. Blanca despertó azorada en un cubículo sombreado, su pecho atado con tubos a una máquina pequeña como televisor portátil, de ruidos intermitentes. Se desesperó al presenciar su fracaso. No creía estar viva aún. A menos que Dante se hubiese equivocado, a menos que hubiese otro círculo con televisores raros. Desconcertada, recorrió la vista por la habitación y vio las sábanas blancas cubriéndola de pies a cuello, el suero colgando de un escaparate, la mesa de noche con un termómetro y una palangana plástica. Intentó mover sus pies en un impulso de correr aunque no sabía hacia dónde. Cerró los ojos con deliquio, gimiendo casi imperceptiblemente. Tenía la garganta seca como papel que se deja al sol por muchos días. Le ardía la faringe. ¿Quién removió su máscara?

Recordó el termómetro. Su cerebro febril le dictó movilidad inmediata al brazo derecho, que en un acto de insubordinación poco característico, se negó a obedecer. El brazo permaneció laso. Muerto sobre el vientre, Blanca lo miraba con zozobra. Debilitada, cerró los ojos nuevamente y cayó en un sueño sin sueños. Su garganta desecada la despertó suplicando agua. Recordó el termómetro. Esta vez el brazo no desobedeció los dictados de la voluntad. Con mano trémula, Blanca agarró el cristal delgado, lo partió en dos contra la orilla del velador y mientras su plata sonreía desde el cristal sesgado, lo incrustó en su muñeca rasgando las venas en un tajo callado. El termómetro amputado cayó sobre su abdomen y Blanca no tuvo fuerzas para repetir el acto. Entrevió la sangre regando un círculo caliente en la sábana clara, el olor acre manchando las paredes frías. La habitación permaneció hermética ante el atropello. Sólo se escuchaba el monitor latiendo.

El ladrido del perro azota como granizo en las piedras. Le sigue la melodía de un piano lejano, goteando sus notas de tristeza callada, mustia. Ella huele las rosas, pero el ladrido lejano le hace eco en la sien cansada. Busca y rebusca más no encuentra sentido al ladrido que le inquieta. Le trae sombras a las pestañas. Oye en un lugar recóndito del cerebro una memoria que la llama, la seduce con dedos alargados. No es clara la memoria, pero incita sentimientos incomprensibles, de tristeza atávica, por siglos pasiva. Las notas del piano tambalean nostálgicas en sus tímpanos. Las escucha, como escucha la gota que cae del desagüe, como escucha la brisa escurrirse entre las ramas, como escucha el encono de sus senos cada mes. Siente una inquietud que no entiende. Las notas plañen. El perro ladra. Siente las lágrimas asomar, pero no entiende.

—¿Dónde está Blanca?

—Hace rato la vi entrar al cuarto.

Las voces horadaron su cerebro como clavos mohosos. Decenas de palabras tropezaban contra las voces que giraban en su cabeza, contra los ruidos que flotaban desde la calle.

Tirada en su catre, Blanca miraba el techo gris, con su topografía agrietada, mientras la voz de su cerebro establecía predominio sobre los ruidos del ambiente. ¡NO ESTOY LOCA! Voces disonantes en el pasillo, el carrito de la enfermera repartiendo medicinas, el rumor de los automóviles y el perro solitario ladrando avisos arcanos. Metió la cabeza bajo la almohada. Quería apagar al mundo, enmudecer los estímulos que la herían. Pero el cerebro se negaba a parar. Corrían imágenes vertiginosamente. Corrían nombres, corrían frases, corrían gamas tan brillantes y veloces que la aturdían.

—¿Qué haces acostada ahí? Es hora de ver al Dr. Hackman.

La enfermera, en jarras, mandaba al escrutar el cuarto rápidamente buscando muestras de infracciones a las reglas de la institución.

—No quiero ver a nadie— respondió Blanca tendenciosa.

—Vamos, vamos, mujer, no puedes quedarte ahí acostada todo el día. No es terapéutico. Si cooperas con nosotros, nosotros cooperaremos contigo.

A Blanca no le gustó la amenaza velada, pero decidió cumplir con su asistencia requerida en el consultorio del psiquiatra. Así acumularía puntos en su expediente.

Al caminar hacia el ala derecha del piso, Blanca miraba con curiosidad hacia las habitaciones de los enfermos, todas iguales, aunque el olor a locura se transformaba en aromas singulares en cada una. No sabía por qué el manicomio olía a carne enferma. A veces pensaba que los cerebros enfermos transformaban el balance químico del cuerpo produciéndose emanaciones pestilentes. ¿Apestaría ella también?

Vio a Nina parada bajo el dosel murmurándole insultos a los aires. La octogenaria huraña atacaba sorpresivamente con su bastón envalentonado ante provocaciones imaginarias. Nadie podía sentarse en la silla de comedor que se había autoadjudicado. Si algún pobre incauto lo hacía, por ignorancia por supuesto, le caían los bastonazos como lluvia despiadada.

Úrsula, la loca rematada, permanecía en su habitación solitaria, su carcelero leyendo un periódico bajo la luz que penetraba desde el pasillo, mientras la oteaba de vez en cuando si notaba movimiento por imperceptible que fuera. Úrsula, la mujer martirizada, se desbocaba en balbuceos incoherentes para caer postrada frente a la imagen de la Santísima Virgen suplicando clemencia por sus actos de vileza lesbiana. La mantenían tranquilizada con tranquilizantes poderosos, pero a veces lograba asomarse por encima de su sopor para lanzar obscenidades a Dios, el hombre, y a su esposo, también el hombre, quienes en su mente eran, junto con su locura, las fuerzas que dominaban su voluntad y en una sombra amorfa se entrelazaban, confundían, amalgamaban en un coito frenético tan vertiginoso que Úrsula no sabía cuál era Dios, cuál el esposo, cuál la locura. En raras ocasiones una hebra de cordura rasgaba el caos de su enajenación y emergía Úrsula, la esposa ejemplar, conversando pausada sobre su marido, el ingeniero aeronáutico, sus hijos y el hogar que la espera más allá de las ventanas enrejadas. En esas ocasiones, su centinela la acompaña al salón comunitario donde ella se sienta con la espalda erguida en una silla de mimbre, su melena castaña acariciándole suavemente la espalda, mirando a sus interlocutores, que son pocos, con sus ojos opacos, demasiado grandes para su cara angular y delgada, las manos posadas delicadamente sobre su falda. Nunca se sabía cómo ni por qué la demencia trapisonda derribaba repentinamente su paz en una gresca asoladora.

La penumbra matutina cubría el salón comunitario con camadas de luces grises e intermitentes, sesgando la oscuridad en una oquedad tamizada. Desde un rincón oscuro aún, se divisaban las órbitas encandiladas de Miguel. No dormía en las noches y Blanca vio sus chispazos hundidos en la oscuridad de su camisa negra y el rincón apagado. La luz tenue poco a poco despertó su oscuridad.

Frente al consultorio psiquiátrico, Blanca compuso su máscara con esmero antes de tocar a la puerta. No quería dar la impresión de aspecto descuidado. La enfermera la miró indiferente. —Te recojo cuando termines— le dijo.

Blanca atravesó el umbral dejando atrás la frialdad escueta del pasillo. Penetró en un oasis claro de butacas mullidas, cuadros escupiendo colores vivos, libros acariciando paredes calladas. Una alfombra añil le silenciaba los pasos. El Dr. Hackman la saludó con una inclinación leve de la cabeza. Ella se sentó en la butaca frente a él y fijó sus ojos en el cielo gris que penetraba cansino la ventana.

El hombre le preguntó cómo se sentía mientras escarbaba garabatos con su bolígrafo.

Ella respondió tornando su cabeza hacia el techo. Construía palabras enlazadas a la voz que dentro de su oscuridad clamaba. La voz de nudillos suaves tocó en su garganta.

—Ábrete— le decía con urgencia de mensajera. Escuchó al hombre derramar sinsontes: —¿Qué dijo?— se preguntó del hombre quien nunca la llamaba por su nombre. Escuchó su llovizna. Al fin la empapó de frío.

—Todo lo que es, es, o bien en sí, o bien en otra cosa— le lanzó su cita espinosista.

El hombre no entendió.

—Bueno, así como Espinoza creía en la búsqueda de la sustancia última, absoluta, yo quiero encontrar la sustancia de mi vida porque a veces no estoy segura de que lo que es, es. Por eso quiero conversar conmigo misma, sobre mi vida, de cómo llegué a ser lo que soy para ver si puedo detectar lo que es, o en sí, o en las otras cosas que componen el ser.

Blanca sintió necesidad de hablar. Aprovechó el ambiente lleno de libros, cuadros y colores; la serenidad que existía fuera de ella. Escurría sus voces escondidas, arrancando estrofas de rimas cojas y continentes callados. Arrancaría la herida verde tatuada en la garganta. Se enfrascaría en un soliloquio con el mundo que llevaba en su cabeza.

—Continúa— le instó el psiquiatra.

—Nací en El Fanguito. Arrabalera fui. O soy. No sé si puede una desvestirse de su nacimiento. Creo que aún soy arrabalera, aunque no estoy segura. Me he cuidado de trajearme con la indumentaria de rigor para el éxito, de acuerdo a los mejores cánones burgueses. Ya no visto como arrabalera, pero lo soy. No es fácil escapar a los tentáculos del destino. Aún así, uso vestidos conservadores con zapatos conservadores y medias largas. He caminado un largo trecho huyendo de El Fanguito.

Despegó su ojos del cielo tan gris que parecía listo a estallar en llanto, o a rabiar, y miró la cabeza encalvecida del psiquiatra, doblegada sobre su cuaderno tomando notas o escribiendo cartas.

—Mi madre era costurera. Mi padre lechero y mujeriego. Por mal proveedor, mi madre trabajaba en la fábrica de blusas de la Parada 20. Iba todas las mañanas con su pedazo de pan en la cartera, almuerzo asegurado. Cruzaba los canales de fango fétido, subiendo las cuestas, desplazándose por los callejones conocidos hasta llegar a la Fernández Juncos, su trenza negra meciéndose de lado a lado como péndulo. Allí entraba con el silbido a perderse en la línea de producción. Todas las tardes regresaba a la choza con la espalda partida, llevando en su cartera las migajas de pan y el sobre lleno de sudores. Pero su sobre era vilmente atacado por las manos del carnicero, el casero, el bodeguero, el prestamista, la espiritista. Luego de alimentar las manos explotadoras, se sentaba en su sillón de pajilla a sentir las patadas de la criatura en su vientre. Y esperaba al marido que no llegaba.

Vida y muerte, pareja inverosímil, danzan de continuo sobre los habitantes del escuálido y pestilente arrabal. La oscuridad tambalea sospechosa sobre las casuchas de patas flacas. Las chozas parecen mendigas desorientadas por años suplicantes, alzando sus faldas abigarradas, mientras se tambalean en el fango apestoso. Las sombras se desploman en siluetas secas siguiendo al niño solitario que corre descalzo, saltando de tablón en tablón. Un perro emite su ladrido ronco de tantos años de perseguir fantasmas.

Isabel esperaba inútilmente al marido. En su lugar llegó un dolor tan acre que le arrebató el aliento. Creyó que moría. Llamó al muchachito que brincaba entre las sombras y lo mandó en busca de doña Luz, la comadrona del barrio. Isabel no gritó cuando el dolor acuchillaba su vientre con cólera de macho vengativo. Se mordía los labios al pujar, pero no gritaba, no le daría el gusto a sus enemigas. Doña Luz, luego de horas caídas, se limpió el sudor de la frente y le dijo:

—Hay que llevarte al hospital, el muchacho viene de nalgas.

Pero Isabel se negó. Pariría en casa como su madre, como su abuela. Pariría en su choza. El muchacho corrió nuevamente en busca del marido, mas Benjamín manoseaba en esos momentos a una muchachita del barrio llamada Delia. No respondió a la llamada.

Las horas arrastraron el dolor implacable que agarró a Isabel arrancando su carne con pinzas. Imploró, acostada en un charco de sudores, a Dios, a los santos, a la Virgen. Todos fueron testigos sordos e inmutables. Hundió su pecho en la espalda, desgarró su garganta pujando, pero no paría. El ladrido del perro le llegaba cansado mientras caía exhausta, más el dolor implacable la obligaba a continuar su faena tortuosa. Pujó una y otra vez, pujó por todo un día y toda una noche hasta que al fin, desgarrando su vagina como tela, nació Blanca renuente, de nalgas primero y casi estrangulada por el cordón umbilical.

Blanca palpó la cicatriz de su muñeca. Sólo varios centímetros, no puede ser más de eso. Por un tajo tan corto puede rezumarse la vida, treinta años de sentir, de luchar, de sobrevivir. Es tan fácil morir, pensó, mientras miraba su cicatriz. Tocó la costura erguida, veta encandilada que a veces le pica en escozor desesperante. La veta cruza canales de sangre como marca de muerte bajo una calavera. ¿Es marca o es señal este hilo grueso que traspasa la muñeca inocente? ¿Es marca o es señal esta insignia viva, palpitante, que suspira en latidos casi callados? ¿Es marca o es señal?

El hombre de ojos entrecerrados chupó el cigarrillo despacio.

—Ajá— decía de vez en cuando. Blanca continuó pensando en voz alta su monólogo sin disimular el enojo que le causaban los ajás sin convicción, puntuación intrusa salpicando su relato.

—Me nombró mi madre Blanca porque era el nombre de su cantante favorita. Una mujer de voz dulce, cantaba canciones románticas, hipnóticas y anestesiantes. Con sus canciones mi madre podía olvidar la choza, el marido infiel, el trabajo solitario. Podía olvidar el dolor aferrado a su pecho ya enjuto. Podía olvidar su falta de respiración cuando subía cuestas, cuando permanecía sentada por mucho rato. Podía olvidar el pecho apretado, la tos que acompañaba sus noches de insomnio. Podía olvidar el esputo escarlata manchando su pañuelo. Al parir, Isabel ya no pudo trabajar. Mi padre, quien al verme recién nacida comentó que parecía un sapo, le pasaba dinero cada quincena para el sustento de ese renacuajo que él prefería no ver. Mi madre nunca se quejó, nunca fue a un médico, sólo a la espiritista del barrio, el médico del pobre, quien le preparaba yerbajos para extirpar el embrujo que todos decían tenía encima. Poco a poco fue apagándose en ella el hálito de vida mientras las bacterias devoraban hambrientas sus pulmones. Mas Isabel, la costurera, me adoraba y años más tarde su amor fue fuente de fortaleza férrea.

Blanca detuvo el derrame de su elegía y de reojo vio al psiquiatra deslizándose en un sopor. Abruptamente la barbilla le cayó sobre el pecho. Irguiéndose, abrió los ojos y un tanto amocolado, tosió sin ganas. Blanca continuó mirando por la ventana hacia el viejo olmo y el cielo gris que se posaba sobre sus ramas como pesadilla. Un olor a azucena se coló en su nariz y estimuló un paraje claro en su memoria oscura.

Escuchó. Ma-mi-ta. Ma-miiiiii-ta. Ma-miiiiiiii-ta. Los sollozos de la niña taladraron la noche. Boca abajo sobre sus codos y rodillas se mecía al ritmo de sus gritos, los puños y los ojos cerrados. Su cerebro infantil no entendía la ausencia de ese ser que era parte de su ser. Era la falta del aire, de un brazo, de sus ojos. Sin ella ¿cómo podría ver el mundo, cabalgar los callejones, escuchar el murmullo de vida dentro de su pecho? ¿Cómo podría, escondida bajo su piel, ver el universo a través de sus ojos? Era una desaparición incomprensible. Su pensamiento formulaba preguntas al registrar la ausencia, la carencia, y sus emociones descuajaron su alma pequeña, apenas formada, la ausencia convertida en dolor desollado. Blanca se escuchó a sí misma clamar toda la noche. Escuchó, junto con el aroma de las azucenas, la voz de una vecina.

—Tu mamá viene pronto, no llores, nena. Ella está con Papá Dios ahora, pero ya tú verás que pronto te viene a buscar.

La mujer se persignó varias veces con rumores en la boca.

Blanca, la niña, escuchó esas palabras de esperanza hueca, pero no las entendió hasta ahora. Sólo oía la ausencia terrible, el azote que arropaba su ser minúsculo en oleajes de suplicio excoriado. La ausencia de la madre anegó su ser de un temor rugiente, descalabrado. ¿Cómo era posible que parte de ella desapareciera sin rastro? ¿Por qué dormía ahora en un camastro ajeno? ¿Quiénes eran estos fantasmas silentes que se le acercaban con sus vestimentas negras? Apretó los ojos y los puños y ya ronca, su ma-mi-ta era gemido, sus hipíos dolor cansado.

Permaneció callada por un rato mientras su retina marcaba el viejo olmo recostado sobre el cielo gris. Miró sus manos que debieron ser de labriega, de obrera fabril, no de maestra. Esas manos domadoras de su destino. El sabor a cenizas sonó en su silencio herido. El psiquiatra tampoco habló.

—Al morir mi madre mi padre abandonó su renacuajo. Delia no quería la responsabilidad, sólo matrimonio e hijos propios. Él huyó de ambos. Me depositó en casa de una tía abuela llamada Andrea en el Barrio Garrochales de Arecibo. Era la única sobreviviente en la familia de mi madre. Las mujeres de su familia parecían destinadas a una muerte temprana. Mi abuela materna se ahogó mientras se bañaba en un río dejando sus tres hijas huérfanas al cuidado de su hermana Andrea. Mi madre escapó ilesa de un fuego en donde murieron sus dos hermanas. Cuando mi madre murió sólo quedamos Tía Andrea y yo. ¿Sería un buen augurio?

—Tía Andrea vivía con un hijo alcohólico y propenso a ataques de violencia. La mesada enviada por Benjamín le servía para mantener al hijo embriagado, fumando y contento, mientras a mí me alimentaba con dos raciones diarias de arroz con leche aguada, para que rindiera.

—Un año más tarde apareció mi padre en Arecibo nuevamente. Esta vez vino a buscarme porque la madre de él, residente en Nueva York, le envió pasaje para embarcarse conmigo a los Estados Unidos. El que me llevara con él consistía en un requisito de su madre, quien ofreció criarme.

Blanca acalló su relato como una mano que se posa sobre las cuerdas de un violín o una tapa que cae sobre las teclas de un piano. Ya no habló más. Estaba cansada.

—Ajá— dijo el Dr. Hackman cuando notó que la pausa se extendía como elástico estirado.

¿Quién es este hombre de colmillos azules escupiendo palabras atolondradas como cangrejo borracho? se preguntó ella. Blanca espantaba las palabras del hombre como moscardones impertinentes. Miró por la ventana para escapar de su boca peluda que se abría elástica exponiendo sus dientes amarillos, cuarteados de tabaco, y su lengua rosada, los labios subiendo y bajando lanzando moscas.

Un toque seco a la puerta la escudó como paraguas. El hombre le dijo algo al salir. Blanca lo espantó con aspazos largos.

Capítulo II

Caminó de regreso con la enfermera por el pasillo largo y estrecho que dividía el ala psiquiátrica de los consultorios médicos. Como era demasiado temprano para el almuerzo, dibujaría en el salón comunitario para esconderse de las horas.

Las reglas de la institución requerían actividades constructivas o terapéuticas, como ellos las llamaban. Artesanías, bordados, pintura, escultura en barro, todas actividades aceptables para aquellos que como Blanca no representaban amenaza a la paz y seguridad de la institución. Al sentarse, los muelles de la butaca brotaron en graznidos y Blanca tomó su cuaderno de hojas grandes.

Comenzó a dibujar con sus lápices de colores, mordiéndose el labio inferior. Dibujó rápidamente figuras escondidas en las ramas de un sauce, miembros caídos sobre la grama. Quería tiempo para pensar, tomar esos pensamientos que se aparecían repentinamente, sin ella solicitarlos, y la avasallaban con sus ruidos y rumores dislocados. Quería tomar esos pensamientos, esas palabras, nombres, frases sin sentido y domarlos como el pararrayos paciente que doma la centella que agrede su estabilidad metálica. Escuchaba el perro ladrando a la distancia, casi como un escalofrío cuando la voz de Miguel penetró a través de una penumbra.

—Sirvieron el almuerzo. Te guardé un asiento lejos de la vieja.

—Gracias, Miguel. Ahora voy.

La mesa larga del comedor acomodaba a los enfermos del ala sin contar a Úrsula que por estar tan drogada apenas salía a comer con los demás. Nina, sentada ya al pie de la mesa, daba bastonazos.

—¿Qué porquería es ésta?— bramó, los pellejos del brazo tambaleándose.

Su rugido incongruente partía desde una boca minúscula, hundida como hoyo en medio de la cara. Siempre vestía de negro. Un moño encaramado sobre la nuca era sostenido por peines de conchas a cada lado de la cabeza pequeña. Agarró al empleado encargado del comedor por un brazo.

—Yo no quiero esta porquería, ¿me oyó? Llévesela y tráigame comida de gente. ¿Qué se creen que soy yo, una vaca para comer todo este pasto?

Tiró la ensalada al suelo, chispoteando el uniforme blanco del empleado con lechuga empapada en aderezo francés. Las enfermeras arrastraron a la anciana del comedor.

Al apagarse el último bramido de Nina el comedor quedó sumido en un silencio huero, sombrío. Los pacientes miraban atentos sus bandejas y se concentraban intensamente en el acto de untar el pan con mantequilla y deglutir. Josefina plañía una taza de café con la cuchara, meneando su contenido con frenesí. Evitaban a toda costa el contacto con los ojos ajenos. Porque los ojos no podían ocultar el malestar tan hondo que les llegaba al estómago. Mirarse en los ojos adoloridos de los demás era ver su propio dolor duplicado. En esta aldea delimitada del universo, existía una barrera estrecha, fina, franqueable, entre la locura y el sosiego. Algunos permanecían a horcajadas entre la demencia y la cordura. Otros hacían incursiones periódicas al mundo enajenado, regresando de vez en cuando a respirar el aire de los normales que a la larga les repugnaba con su broza contaminada. Algunos, como Blanca, permanecían al borde de la locura tentados constantemente por sus promesas de alivio, de olvido, de sopor intoxicante. Y muchos navegaban a la tierra edénica e infernal ya para siempre, sus memorias barridas de polvos siderales, sus cerebros abarrotados como buhardilla centenaria.

Miguel comía con abulia. Sentado al lado de Blanca parecía un caballo agringolado. De vez en cuando frotaba la punta de los dedos con el pulgar para remover las migajas de pan adheridas. Blanca picaba desganada y luego de darle las sobras a Miguel, quien las consumió agradecido, llevó su bandeja al mostrador. Caminó hacia el salón comunitario antes de que Cástulo se quitara los dientes postizos como solía hacer después de cada comida.

Mirando por la única ventana del salón, vio a través de las rejas negras cómo las hojas bruñidas rindiéronse en entrega lasa al viento otoñal. Los demás pacientes gotearon al salón. Cástulo tomaba un jugo sacando la punta de la lengua después de cada sorbo como un lagartijo.

Aún descalzo, Miguel cumplía con su penitencia por haber intentado escapar. El lunes pasado le sirvieron dos huevos fritos de desayuno. Lelo, les clavó la vista y con un horror innombrable corrió gritando que había dos ojos mirándole desde el plato. Se despegó leporino, bajando las escaleras de dos en tres, gritando a todo pulmón como desalmado. Llegó a la calle y corrió hasta la intersección en donde los guardianes corpulentos del hospital lo avasallaron. En el fragor Miguel pataleó con sus largas piernas, pero la camisa de fuerza y la inyección tranquilizadora acallaron la algazara.

Permaneció bajo los efectos de sedativos durante veinticuatro horas. Cuando al fin logró levantarse y deambular por los pasillos y el salón comunitario, lo hacía descalzo, sus pies anchos arrastrando un cuerpo alto, delgado, joven. Le quitaron los zapatos, sus alas, el picor de correr huyéndole a sus horrores.

Como a todo muchacho de su edad, a Miguel le gustaba la música rock. Cuando no le embelesaban los fantasmas incitadores, escuchaba la radio y se contoneaba doblando su cabeza en múltiples asentimientos. A veces hablaba. Por las tardes cuando las horas le pesaban demasiado, se le acercaba a Blanca y le contaba sobre su abuso de barbitúricos, anfetaminas, heroína, cocaína, marihuana y alcohol. Contaba sobre sus experiencias en el hospital psiquiátrico estatal donde los pacientes viven enjaulados, sin esperanza. Contó que su amigo Luis se cortó las venas con un latón mohoso encontrado en el patio. Se desangró lentamente con los brazos abiertos en el piso, como una cruz, dos tajos profundos emanando sangre. Lo encontraron yerto. Mientras Miguel hablaba con su voz ronca y monótona, Blanca le oteaba las cicatrices gruesas de sus muñecas y las comparaba con la suya. Las cicatrices de Miguel eran costuras toscas, la de Blanca una línea casi fina en comparación. Cuando Miguel le hablaba le escocía enrojecida.

No hubo mucha conversación en el salón comunitario ese día. La tarde se asomaba gris a través de la ventana y los pacientes tranquilizados por memorias viejas, drogas legales, terapia electroconvulsiva, rebotaban desde sus rostros sombras de estaño indiferente con ojos vacíos. Josefina se rascó un oído con el meñique y luego se lo olió. Cástulo movía los labios en secretillos callados. Blanca respiró el silencio y en vilo fue a su cuarto buscando papel. Le pidió un bolígrafo a la enfermera. Le escribiría a su amiga Rosa.

Amiga querida:

Le doy vueltas a las palabras en mi cabeza. A veces giran desbocadas y me gritan desde las cavernas del cerebro. Me despierto a media noche (o quizás de madrugada) con los ecos de lo que te diré. Luego, cuando el día se torna pesado, me siento con pluma y papel con la firme determinación de escribir, pero las palabras se esconden en algún rincón recóndito de mi sien.

Hoy intento nuevamente expresar lo que siento, lo que no siento, lo que me mueve, lo que no me mueve. ¡Qué inútil resulta el verbo ante los sentimientos explayados como arena derramada! ¿Qué es esta nube que me opaca? ¿De dónde proviene este velo que enturbia mi visión? ¿Qué es esta dolama terrible que padezco, amiga mía? ¿Por qué no me fue dado ser feliz? ¡Qué misteriosa resulta esa dicha tan elusiva! Camino cabizbaja por la vida. No sé caminar de otra manera.

Blanca levantó la cabeza chupando la punta de su bolígrafo, los pensamientos transportándola nuevamente fuera del presente. No era loca, de eso estaba segura. Un día en que la vida le pesaba extraordinariamente decidió, luego de muchas consideraciones, acabar con su existencia. Derecho a eso tenía. No se había quebrado en ella ese hilo frágil que sostiene la habilidad para tomar decisiones cuerdas. El hilo estaba intacto. Por su cordura precisamente, por haber pesado mucho las consecuencias del morir y del vivir fue que decidió lo del suicidio. Como Arguedas, fría y escuetamente, puso en orden sus asuntos. Pensó largamente en el método más conveniente, aquilatando los factores estéticos y su tolerancia al dolor. Pensó en la horca, pero nunca había atado un nudo efectivo. Además, el prospecto de partirse el cuello no le era agradable. Pensó en un revólver. Método rápido y casi garantizado. Pero siempre le repelieron esos instrumentos fríos de destrucción. Pensó también en el espectáculo repulsivo de sesos desparramados por el piso, las paredes, el techo. Pensó en veneno, pero no, eso duele mucho y produce un frío horrendo en el corazón. Tirarse por un décimo piso era imposible debido a su acrofobia y cortarse las venas con una navaja afilada le resultaba antiestético y desordenado. Al fin decidió tomarse una sobredosis de barbitúricos. Los conseguía fácilmente, su médico los recetaba para la migraña pertinaz y severa. Guardó cuarenta pastillas, eso sería suficiente, y esperó el momento. El momento de dormir con tranquilidad y descender lentamente, y para siempre, al hoyo del olvido.

El momento llegó en otoño. Desde que salió de su isla nativa, tropical, soleada, de puertos ricos, donde el verano eterno sonríe contento, el cambio brutal de verano a otoño le deprimía. Tan pronto asomaba septiembre su cabeza macilenta, el espíritu comenzaba a decaer como las hojas de los árboles. Cada día era un escalón que la acercaba más y más al pozo de la desolación. A medida que se reducían las horas de sol, el ánimo de Blanca descendía. En octubre cayó al hoyo negro, profundo, hediondo. Su vida se convirtió en una laceración sorda, en carne viva. Reconocía esa tristeza en sí como amiga antigua y constante. Sutilmente la tristeza se apoderaba de su ser sustituyendo sonrisas por muecas, alegrías por lágrimas. Sus visitas melancólicas tenían la fuerza invisible de enfermedad insidiosa y traían consigo una soledad angustiosa que caía sobre Blanca como telaraña intrincada.

No pudo lidiar contra la visitante taimada, la conocía demasiado. En noches oscuras le confió sus penas, dudas, temores. Ahora utilizaba contra ella las armas que le había otorgado. El tormento ya no hería, se hacía presencia repugnante, encono profundo y continuo. Lentamente comenzaba un latido tenaz en el cuello y esparcía sus tentáculos por la cabeza doblegada. Le agobiaba el dolor tan conocido que establecía su predominio como déspota insolente. Trataba de ignorar el cuello atacado, la cabeza humillada, el estómago encogido. Escuchaba melodías de Brahms que parecían lluvia melancólica sobre parajes lejanos. Se hundía en ese mundo cadencioso e incorpóreo. Los minutos resbalaban en horas y se desvanecía el tiempo. La punzada pertinaz le recordaba que debía atragantarse de píldoras multicolores, tan apetentes como la tiza. Dos cada cuatro horas...para posponer la tristeza. Dos cada cuatro horas...para mitigar la angustia. Dos cada cuatro horas...como respuesta al grito mudo de su ser. Quería respuestas que no encontraba en su laberinto luctuoso. La soledad era terrible y pensaba a veces que si no caía en pedazos sobre la arena era porque aún mantenía la fuerza febril de rebelarse contra la vida.

Pero esa noche de otoño cayó sobre su cuerpo inerte, silbando silencios melancólicos. Frías lluvias humedecían la oscuridad como torrentes de lágrimas muertas. Las gotas pesadas no cesaban en sus golpes rítmicos cual horas que caen implacablemente.

Se sentía vacía, hueca, suspendida en espacios infinitos. Ya no sufría y sentía miedo de esa apatía sin fondo. No sentía nada. Nada. Ni dolor, ni pesar, ni alegría. Sólo el eco martillante de lo que una vez fue dolor, como el eco sordo que persigue el alboroto de un cacharro cayendo por la escalera. Sólo eso. El fantasma de la tristeza que siempre fue su compañera. Llegó el momento en que prefería sentir, aunque fuese tristeza, a no sentir, a caer en la nada. No sabía hasta cuándo podía tolerar esa tristeza díscola, perturbadora. No, no debe llamarse tristeza lo que sentía o no sentía. Era una apatía sin nombre, inefable como un capirote invisible que le cubría y paralizaba. Cayó en el pozo profundo del desgano de vivir. Contempló a la muerte como evento deseado, como un alivio. Detestaba ese corazón que insistía en palpitar en un pecho ya mustio, cansado, irrevocablemente anciano. ¡Tantos siglos pesaban sobre ella! ¡Tantas lágrimas, desilusiones, amores truncos! Abandonos, rechazos, soledades. No quería caminar sola, no quería ver sólo sus dos pies marcando caminos. Eso sí, hubiese querido sentir, una vez más, el sol candente de su patria; perderse en el agua sensual de sus mares, gozar sólo una vez más su brisa como beso maternal en la mejilla. Luego lloraría por su patria y por ella porque ambas vivían postradas.

Cansada de palpitar la nada tenía que sonreír, mantener su máscara. —Buenos días. Estoy muy bien, gracias. Sí, estoy muy contenta con ese acontecimiento tan importante— Ah, las basuras que fluyen de cavidades bucales. Despreciaba la vida, los ademanes vacíos que realizaba por hábito, las palabras huecas que intercambiaba con los demás. Nada tenía sentido, especialmente ese sonido sordo que palpitaba en su sien.

Capítulo III

El olor a cuerpos salados late sobre el intenso calor sofocante. Bajando por la 138 los mozalbetes con tiras amarradas alrededor de las frentes tiran dados. Muchachas y muchachos fuman en las esquinas mientras atisban por las rendijas de la cara las humanidades apagadas. Las mujeres avejentadas antes de tiempo cruzan los brazos sobre una toalla en las ventanas para escapar la furia candente de sus pequeños apartamentos destartalados. Se sentía el calor como pulsación en las sienes. Parecía que todos habitaban dentro de un corazón gigantesco que los chupaba con cada sístole. Por encima de la pulsación se siente el ritmo de bongoes y congas disimulando un poco el inexorable tambor que ciega y ensordece y aviva los peores instintos animales. Hace calor en el Sur del Bronx. Desolación. Enajenación. Hambre. Apatía. Ira. Una mecha empapada de combustible lista para arder. Todos esperan a través de las alargadas horas que toma traspasar un día. Todos salen a las calles buscando alivio al sofocón de sus celdas. En las calles se escapan las cucarachas, los niños llorando de hambre, las cantaletas de las mujeres, la basura en los pasillos, el olor a orines colgando de las escaleras. La calle ofrece un solaz manchado de ron, heroína, tabaco, navajas afiladas. Se miran las carnes de las mujeres que pasan con sus vestidos caldeando el sol que apenas se ve. Las calles del Sur del Bronx son calles de hombres que se juegan la vida por una mirada mal dada, una vida que vale tan poco.

Es candela lo que fluye de las axilas. Son llamas las que agitan los cerebros entorpecidos. Es fuego lo que se respira día y noche. Es fiebre lo que mantiene el pecho arqueado, los puños nervudos. La antorcha arde en todos los pechos caliginosos.

Hasta los niños gritan con bocas destempladas. A la distancia, por encima de los zafacones inundados, se oye el canto mohíno de Felipe Rodríguez La Voz suplicando por una copa rota para sangrar el veneno dado en un beso. Las velloneras vociferan cantos de agonía, cantos de rabia, cantos carentes de poesía. No hay esperanza tejida en las notas que ondean perezosas sobre los días y las noches. Sumergidos en los cantos se oyen los quejidos lastimeros de hombres que ya no cantan, sino balbucean un gozo postizo chorreado desde el tajo de la cara.

El hombre es macho en esta selva de concreto sucio. Es un macho avasallado, castrado, sus bolas aplastadas por la bota de la opresión. El hombre es macho, pero ya no caza. El hombre es macho, pero ya no manda. El hombre es macho, pero aún el trabajo se le niega. Aquí, en las calles mugrientas, pestilentes del Sur del Bronx, el hombre es sólo un "spik".

Desconociendo su futuro en las calles excandecidas de Nueva York, Benjamín voló esperanzado desde su isla violentada por la pobreza y la explotación al estómago del monstruo donde los jugos digestivos lo bombardearon de ácido acre día tras día tras noche. Allí ocurrió la entrega.

Benjamín trabajó en una fábrica de cartones de New Jersey por treinta años, asegurándose así que su nombre no cambiaría al pasar de lengua en lengua. No logró ahorrar un centavo y su hombría, aún en el trabajo, le fue magullada y finalmente arrancada. Su hombría fue paulatinamente poseída por el judío usurero que le vendió los muebles, el puertorriqueño traidor que le vendía los comestibles, el gringo explotador que le arrancaba el sudor por centavos.

En el avión de cuatro motores, la niña dormida sobre sus muslos, Benjamín pensaba en la madre que ahora ofrecía socorro. Casi como un expósito fue entregado de niño e iba y venía por la vida azuzado por los acontecimientos sin considerar que podría haber alternativas a las rutas encontradas frente a él. No había alternativas en su mundo ahogado de hombre pobre. Aceptaba el destino como se presentase. Como sabueso seguía un rastro que oliéndose no da señales de un mundo visible, pero ofrece chispas de ilusión. Bernarda, su madre, ofreció criar a la niña y conseguirle trabajo a él.

Da gracia cómo se preocupa ahora por él después del abandono. Dicen que nunca es tarde si la dicha es buena, pero pasé las de Caín cuando nos abandonó a mí, a Che, a Carmela y Evangelina. Mamá se quedó con Ismael, el más chiquito, porque era asmático y lo quería con pena. Nosotros cuatro éramos saludables, según ella, y podríamos soportar lo que fuera. Nos repartió como ropa vieja a diferentes familias y no volví a ver a mis hermanos y hermanas hasta que ya éramos mayores. A mí me tocó vivir con mis padrinos. Me sacaron de la escuela en el segundo grado y me levantaban con el cantío del gallo para la faena del tabaco. Madrina estaba tuberculosa y tan miserable que no compartía la poca comida que había con nadie. Por las tardes se sentaba en los escalones que daban al batey a comerse una batata sancochada mientras yo la miraba muerto de hambre porque no había comido en todo el día. Ella se escupía las cáscaras en la mano y me las tiraba riéndose desdentada cuando yo me engullía las cáscaras empapadas de saliva, cuidándome de que ninguna cayera a la tierra. De milagro no caí tuberculoso yo también.

El padrino me asestaba de palos para que rindiera más trabajo. A los catorce años me escapé en la maleza cuando el padrino, persiguiéndome con un machete porque le besé la hija menor que tenía mi edad, juró que me haría picadillo de carne. Fui a parar a Santurce a casa de una tía, quien me albergó hasta que me casé con Isabel.

Mamá nunca fue madre para mí. Pero le digo mamá de respeto. Ahora se casó con un hombre jovencito y parece que gana buen dinero porque nos mandó los pasajes, sin preguntarme si yo quería irme a Nueva York o no. Parece que ahora tiene ganas de criar a otro muchacho porque me advirtió que tenía que llevarle la muchacha que estaba de lo más bien en casa de Andrea.

Me sorprendió ver lo grande que estaba. Hacía un año que no la veía y ni me conoció cuando la fui a buscar. Lloró tanto cuando me la llevé que tuve que darle una buena nalgada para que se callara. Menos mal que se durmió, así me dejaba más tranquilo. A la verdad que parece un sapito concho.

Cada veintiséis millones de años una estrella de muerte llamada Némesis aniega la tierra con un estallido de cometas tan intensamente calórico que precipita al planeta a una oscuridad total, un frío inerte, extinguiendo mucha de la vida existente. Por esta estrella pequeña, menor, cunden la catástrofe, la oscuridad, el caos en la tierra. Al apaciguarse el pandemonio, surgen especies nuevas, formas de vida ajustadas, adaptadas al cambio terrestre.

Bernarda fue la némesis de su familia. La madre de Benjamín era una mujer bajita y regordeta. Su pelo canoso aún mantenía las ondas y el rizo de su juventud. Cuando reía, su risa provenía de la barriga que le tambaleaba sincopadamente aunque la cara dibujaba una mueca y sus ojos sin brillo nunca reían tras los espejuelos. Sus cachetes rollizos y permanentemente sonrojados despuntaban de una cara que había perdido la redondez lozana de la juventud. Todos decían que había sido muy linda, pero la gravedad tenaz de los años haló sus mejillas formando un carrillo fofo plisado sobre el cuello. Su mirada austera, agriada por las desilusiones, provocaba una acritud en el lugar recóndito del alma que permanece intocable, impalpable por el diario ir y venir de las voces. Cuando removía sus espejuelos para quitarle alguna mancha adherida a los cristales, las ranuras rojas a ambos lados de la nariz, redonda como un ají dulce, le daban un aspecto de ave de cúchar. Su voz, dura como higuera, era frecuentemente burlona y reflejaba desdén por las debilidades ajenas. Bernarda era implacable en sus juicios. Sus opiniones eran preceptos inconmutables, inalterables, inabrogables e incuestionables. Se jactaba de su pericia, buen tino e infalibilidad de papisa. Echarse a Bernarda de enemiga era peor que enfrentarse a las Parcas. Siempre decía: —Yo perdono pero no olvido— mientras enfatizaba el pronunciamiento con golpes de puño cerrado sobre el pecho. Era cierto. Nunca olvidaba una transgresión. Pero tampoco perdonaba. Como nunca perdonaba, Evangelina, su hija menor, se ahorcó una madrugada en el ranchón de tabaco de un tío huyendo de los insultos y bofetadas de la madre, quien no aprobaba su noviazgo con un joven policía. Viajó desde San Juan a los campos de Manatí para hostigarla implacablemente y Evangelina, llevando sus quince años a cuestas, se desquitó en una rebelión callada.

Pero sus dotes histriónicas ocultaban ese filo férreo ante vecinos y conocidos. Sus amistades, que nunca fueron íntimas, la adoraban por su simpatía, su generosidad. Bernarda se desplazaba por su vecindario indagando sobre la salud de los demás, contándoles a todos sus cuitas del momento. Con su figura redonda, su cara sonrojada, sus ojos azules, su pelo canoso, su nariz de ají dulce, parecía la esposa de San Nicolás. Desconociéndola a fondo la creían incapaz de pensamiento oscuro y muchos menos de un acto impropio.

—Qué buena es doña Bernarda— comentaban entre sí. —Se echó encima esa huérfana que ni habla y el marido se pasa trabajando y nunca la lleva a ningún sitio. Y ella siempre enferma, bendito.

Bernarda nunca fue dada a los mimos. Desde su menopausia desdeñaba el sexo que consideraba asqueroso. El único repositorio de ternura y cuidado lo constituía su propio cuerpo, halagado de continuo por los mimos de la hipocondría. Visitaba los médicos como beata a la iglesia. Mientras más arcana la enfermedad diagnosticada y más seria le parecía, más complacida se mostraba. De alguien comentar favorablemente sobre su bienestar físico aparente, solía responder suspirando hondo:

—Que va, mija. Las apariencias engañan. Por fuera parezco que estoy bien, pero sólo Dios sabe lo que llevo por dentro— y suspiraba de nuevo.

No lavaba platos ni ropa. Una alergia en la piel no le permitía contacto con detergentes. Como aún evitando los detergentes, le continuaba el picor, los médicos identificaron astutos su alergia a las aguas de Nueva York.

Desarrolló asma. Al no afectarle los bronquios los médicos la determinaron de origen emocional, diagnóstico que le causó muchísimo placer a la paciente quien estaba convencida del poder de los malos ratos para reducirle considerablemente sus días.

Sufría, además, de dolores misteriosos en el pecho, ataques de morbosidad nerviosa si alguien o algo la contrariaba, vértigos súbitos y todo tipo de malestar intestinal. Solía deleitar a sus amigas y familiares con su última afección. No obstante, sus males múltiples no le impedían jugar a las barajas, jugar a la bolita, comprar billetes de lotería irlandesa, asistir al Teatro Puerto Rico semanalmente, tomar el tren subterráneo hacia los mercados, visitar sus amigas en El Barrio y pasarse las horas en la bodega de la esquina conversando con los parroquianos.

Por sus padecimientos variados, Bernarda se veía compelida a viajar a Puerto Rico frecuentemente porque el clima benigno de la isla la hacía sentir mejor. Además, allá no era alérgica al agua.

Acogió a su nieta con gran afectación de cariño, amonestando a Benjamín sobre su responsabilidad de mantenerla. Esperaba dinero para su sostén semanalmente, de lo contrario tendría que vérselas con ella. Por no vérselas con ella, el padre siempre cumplió con su deber monetario y aún a veces, quizá azuzado por los aguijones de la conciencia, proveía para artículos adicionales, como un trajecito de tafetán en Navidad.

Blanca dormía en un catre desdoblado todas las noches en la sala del apartamento pequeño. Desde el catre la niña veía el cuadro del Sagrado Corazón de Jesús sangrando desde la pared descascarada. El único dormitorio del apartamento era compartido por la abuela con su marido Félix.

La tarde en que un niñito murió ahogado en el fango, el arrabal pulsaba alborotado. Félix se asomó a la entrada de la casucha en donde vivían Bernarda y su hijo Ismael.

—Bernarda— llamó hacia la oscuridad interior.

—Mande— respondió ella despegándose de la estufa de kerosén caliente, el sudor lamiéndole la cara enrojecida. Se acercó a la puerta abierta.

—Salga un momento, si me hace el favor, que tengo que hablar con usted.

Era la ley moral tácita. Una mujer decente no recibía visitas masculinas en la casa mientras estaba sola. Ella salió sudando mientras él la miraba de reojo. Caminó detrás de ella por el tablón crujiente. Hacía meses la seguía con la mirada cuando ella regresaba de su trabajo lavando y planchando ropas para una familia rica de Miramar. Con ojos encendidos se tragaba la visión de sus caderas anchas temblando bajo su vestido floreado, pero nunca se atrevió echarle una flor. Ya en terreno firme se encararon.

—Este, buenas tardes.

—Buenas tardes.

—Bueno, hace tiempo que quería hablar con usted. Hablé con su hermano Chebo y él me dijo que con él estaba bien, si usted consiente.

—¿De qué me está hablando? ¿Qué compinches tienen usted y Chebo?

—No, no es compinche, es que yo soy un hombre que vivo solo y necesito una compañera. ¿Me entiende? Yo sé que usted es una mujer trabajadora y de su casa y quisiera, si usted me lo permite, visitarla en casa de Chebo, eso es, si usted lo permite.

Bernarda se sonrió casi burlona.

—Estará usted bromeando, si yo puedo ser madre suya.

—Bueno, yo tengo casi veinte años y soy trabajador. A mí no me gustan las muchachas jóvenes de hoy día que lo único que saben hacer es pasar el rato.

—Mire, usted está loco. Y a Chebo le voy a decir que no se meta en mis asuntos. Olvídese de eso— terminó moviendo una mano como si espantara un mosquito mientras meneaba la cabeza de lado a lado. Cruzó el tablón hacia su choza sin mirar hacia atrás.

Pero Félix no claudicó. Le gustaban las mujeres maduras y ésta, con sus ojos azules y su piel sonrojada, lo traía trastornado. Sabía que tenía casi cuarenta años y cuatro hijos repartidos por los campos de Manatí. Pero ya estaban grandes y a Ismael se lo había ganado con caballitos de palo tallados por él mismo.

Bernarda, al fin, cedió, halagada por las atenciones constantes del joven e incitada por los consejos envalentonados de Chebo. Amancebados, trabajaron duro hasta reunir el dinero necesario para la emigración de Félix a Nueva York donde buscaría entre las calles pavimentadas de oro, una mejor vida para su nueva familia.

Durante la ausencia de Félix, Bernarda se esparcía por los rincones del arrabal buscando quien le leyera las cartas recibidas desde Nueva York, y más difícil aún, quien le escribiera sus respuestas.

A menudo el quinqué del cuartucho permanecía encendido hasta la madrugada mientras la madre velaba a su hijo asmático luchar ferozmente por las bocanadas de aire. Una noche tanto el niño como la madre dormitaban en desasosiego cuando Bernarda tuvo una revelación. Un ángel, parecido al Gabriel posando en el calendario de la Mueblería de Hostos, apareció rodeado de una humarada blanca y espesa aconsejando el uso de miel con yodo para calmar los estragos bronquiales del pequeño Ismael.

A la luz del cielo teñido por la aurora, Bernarda corrió a la botánica en busca del yodo milagroso. Casi derrumba la puerta del propietario y regresó a su choza jadeante, empuñando fuertemente su tesoro. Sacó un pote de miel de un cajón, derramó un poco en un cacharro viejo usado para tomar agua, y como el ángel no le había ofrecido las proporciones necesarias, cautelosamente vertió unas gotitas del yodo en la miel espesa y dorada. Mezcló el menjunje y con una lasca de higuera embutió a Ismael del remedio celestial. Trepidando del miedo al pensar que el yodo pudiese envenenarlo, Bernarda, en un acto de fe, alimentaba al niño tres veces al día con el brebaje. Tres le pareció un número apropiado, con dotes mágicas, trinitarias.

No se sabe si por gracia angelical, o por la fe de la madre, Ismael progresó tanto que un buen día su asma bronquial desapareció para siempre ofreciéndole al niño una larga vida saludable y un tópico de conversación para la madre.

La tarde se desplazaba pesada de humedad y moscas revoloteaban sobre excrementos de satos cuando Bernarda buscó a la adolescente del barrio que leía a tropezones. Regresó a la choza excitada, apretando en su mano derecha un sobre blanco orlado de franjas azules y rojas, decorado con dos alas sobre las cuales se leía AIR MAIL-CORREO AEREO. Ismael la esperaba en cuclillas jugando con piedrecillas. La miró asombrado.

—Nos embarcamos— jadeó Bernarda. —Mañana compro los pasajes. Félix me mandó dinero y dice que ya tiene un piso en Nueva York para nosotros.

—¿Dónde es ese Nueva York? — preguntó el niño.

—Es bien lejos, tenemos que coger el barco Borinquen. Ahora quédate ahí quieto que voy a donde Chebo a darle la noticia.

Ismael siguió su juego soñando despierto con barcos, marinos y un mar tan inmenso que ocultaba toda clase de monstruos y espíritus marítimos.

En el Borinquen Bernarda sufrió los peores males desde que parió a Benjamín. Sus vértigos y vómitos no le permitieron salir de su camarote. Al pobre Ismael, más flacucho y asustado que nunca, lo atendió una señora de Aguadilla quien compartía su camarote. Bernarda nunca vio la estatua blanca seduciendo con su antorcha prometedora.

Al arribar el Borinquen a la Calle Hubert ese miércoles primaveral del 1937, Bernarda e Ismael tiritaban mientras el frío rezagante del invierno se les colaba a través de sus ropas ralas.

En el Sur del Bronx Bernarda y Félix laboraron, ella en el hogar escuálido limpiando, cocinando, velando a su hijo, y él como botones en un hotel del centro. Desde lejos resonó la Segunda Guerra Mundial en sus vidas. Félix ingresó de voluntario a la Marina y durante sus dos años de ausencia Bernarda trabajó en oficios de limpieza en una fábrica de abrigos de la Séptima Avenida. Iba y venía en el tren subterráneo atestado de masas humanas, encogiendo sus carnes para no tropezar contra las manos maestras del onanista ubicuo. Ya en la fábrica, con sus baldes, escobas y estropajos a cuestas, recibía las instrucciones de la supervisora, una puertorriqueña rubia oxigenada que acumulaba un poco de saliva en las comisuras de los labios cuando hablaba y comunicaba oronda los deseos de los patrones judíos porque era bilingüe.

Una tarde que se desdoblaba como todas las tardes, Bernarda frotaba un lavamanos cuando escuchó unos gemidos saltar del salón de costura. Despavorida presenció cómo los gemidos de Graciela se convirtieron en rugidos roncos, enormes, adentrándose en las neuronas cerebrales de Bernarda causándole un dolor singular en la cabeza. Graciela culebreaba en el suelo lleno de motas, tiras e hilos. Gritaba desesperadamente, sus ojos órbitas dislocadas que sólo veían un horror inescapable. Bernarda trató de acercarse al círculo de mujeres rodeando a la afligida cuando otra mujer quien empezó a trabajar en la fábrica la semana anterior, cayó al suelo su cuerpo torcido dolorosamente, aullando como perra destripada. En pocos minutos cayeron tres mujeres más atacadas por un espíritu virulento, ponzoñoso ¿Qué vicisitud de males había caído sobre la fábrica? La supervisora rubia oxigenada, alterada ante el espectáculo ofrecido por sus subalternas, intentaba explicarle al gerente fabril lo ocurrido, mientras nerviosa se limpiaba las puntas de los labios con el pulgar. Bernarda, parada junto a su supervisora con cara de espanto, no entendió lo que balbuceaban los interlocutores angloparlantes. Al fin, la rubia habló en español:

—Ayúdenme a cargar estas mujeres a la oficina de Míster Stein que ya se calmaron. Bernarda, búscate unos pañitos mojados para ponérselos en la frente.

Bernarda cumplió su encomienda y subió a la oficina de Míster Stein donde las mujeres permanecían acostadas en el piso, jadeantes, ristras de lágrimas y sudor manchándoles las caras. Bernarda y la rubia aplicaron los trapos mientras el míster se aseguraba de que las demás obreras producían sus cuotas diarias.

—Yo no sé qué le pasa a esta gente. Mira y que darles ataques ahora como si ésto fuera un circo. El míster está enfogonao, dice que está cansado de estas changuerías. Que si estamos acostumbradas a ésto en Puerto Rico que aquí tienen que cambiar las malas costumbres y portarse como la gente decente. Que él no va a tolerar más mujeres histéricas en su fábrica. Y yo, imagínate, muriéndome de la vergüenza.

Bernarda, quien también padecía de ataques de nervios, permanecía en un silencio poco característico, rogando a la Virgen no caer también bajo este conjuro sorpresivo y misterioso.

El míster prorrumpió en la oficina gesticulando y vociferando su jerigonza iracunda. —¡Carajo, más ataques!— La rubia empujó a Bernarda mientras corría hacia el salón de costura.

Pandemonio puro existía en el salón enorme. Las máquinas de coser sentadas ociosas sobre sus mesas miraban desdeñosamente el conjunto de cuerpos undívago sobre el piso batiendo unos contra otros en contorsiones angustiosas. Los gritos, charcos sobre las paredes, rebotaban de rincón a rincón, como murciélagos atrapados.

—Ay, Dios mío— Bernarda se frotaba las manos, las lágrimas llenándole la cara de estrías. —¿Qué será lo que está pasando aquí? Esto debe ser una maldición, un brujo que nos echó alguna enemiga envidiosa. A lo mejor fue Juana que estaba rabiosa porque la botaron como a una perra de aquí. Virgen del Perpetuo Socorro, yo nunca he visto cosa igual.

El jefe de Míster Stein apareció no se sabe de dónde, y al evaluar la situación caótica, ignorando los consejos del míster quien insistía que el comportamiento era una característica cultural de las puertorriqueñas, hizo una llamada telefónica que atrajo a policías, ambulancias y bomberos todos husmeando, escrutando, preguntando. Sobre las protestas del míster, cerraron la fábrica ese día.

Bernarda regresaba todas las mañanas a la fábrica de la Séptima Avenida.

Las obreras se congregaban frente a la entrada esperando noticias sobre la reapertura. La rubia apareció una mañana para informarles que los bomberos habían identificado un gas letal colándose al salón de costura y por eso las mujeres, según ella, —se habían puesto tan malas—. Abrirían la fábrica el próximo lunes, aseguró.

Al caminar por las calles neoyorquinas de regreso a su apartamento, Bernarda miró los rótulos a su alrededor con sus jeroglíficos extraños y siempre se maravillaba de ver tantas letras, distintas en sus configuraciones, urdidas en miles de combinaciones, llevando mensajes al que pudiese desenterrar su misterio. Parada frente a un anuncio de Lucky Strike, ladeaba la cabeza, se acercaba a la palabra impresa, los ojos afilados parpadeando, intentando desenredar la maraña secreta. Se admiraba de cómo su prima Panchita leía La Prensa todas las noches y a veces, subrepticiamente, tomaba la Biblia que Panchita mantenía en una mesita de la sala, la abría en una página cualquiera e intentaba descubrir el secreto profundo de esas palabras mudas.

Bernarda tampoco aprendió inglés y se desplazaba por las calles escuchando las formaciones de sonidos guturales, extraños, hoscos, a veces brutales en su timbre cortante. Un día dejó de percibir el acento foráneo tieso y sólo escuchaba la tibia cadencia del español. Cuando el habla familiar brotaba entre los ruidos extraños, se le erguían las puntas de las orejas al percibir fonemas sonantes, descifrables.

Félix regresó de la Marina, se casaron, porque así se hacían las cosas en Nueva York, y Bernarda se acomodó muy complacida al rol de ama de casa. Antes de su menopausia intentaron crear un retoño que se negó a nacer. Ismael asistía a la escuela, porque así se hacían las cosas en Nueva York, y tanto él como Félix adquirieron la nueva lengua que tanto eludió a Bernarda.

Mientras tanto, Ismael cumplió dieciséis años. Como la guerra se mantenía encendida, falsificó su certificado de nacimiento e ingresó voluntariamente al ejercito, prefiriendo los estragos de la refriega mundial al dominio asfixiante de la madre. Prontamente fue despachado a Alemania, en medio del fragor sarracino, causándole a la madre numerosos soponcios.

Ismael se crió como una niña enfermiza. Bernarda no le permitía jugar, salir, tener amigos, y mucho menos novias. En su afán por dominar, por controlar su mundo, Bernarda permanecía incesantemente al acecho, esperando como gato sigiloso, con la punta del rabo isócrono, el menor resquebrajamiento de sus reglas inflexibles.

Si Ismael no había preparado las habichuelas cuando ella llegaba por la tarde de una partida de briscas, si las vecinas bochinchosas le susurraban haberlo visto acaramelado con la italiana de la esquina, si Ismael se negaba a vestirse de acuerdo a los cánones de atavío creados por ella, caían sobre él granizos de insultos desgañitados y manoplazos candentes.

Regresó Ismael de la guerra a los dieciocho años y raudamente se casó con la italiana de la esquina no obstante los colapsos, vahídos, patatús y maldiciones diversas de la madre. Por la rebeldía del hijo pagó el marido. Ese hombre que no pudo producirle más hijos, ese hombre tan extraño que leía diariamente en dos idiomas, que insistió en estudiar con los beneficios de la Marina y que se convirtió en un trabajador adiestrado en la mecánica dental. Ese marido que nunca bebía, ni jugaba, ni la acompañaba al Teatro Puerto Rico a ver la última película de Libertad Lamarque, sobre ese marido cuyo único vicio consistía en fumarse dos cajetillas de cigarrillos sin filtro diarias, a ése Bernarda lo tomó como centro de un juego del tiro al blanco. Lo acusó de infidelidades reales o imaginarias, tomó su dinero para traer de la Isla a Che, su hijo mayor, su mujer María y cuatro hijos, además de traer a la única hija con su marido Regino y seis hijos más. A todos los acomodó de una manera u otra. Benjamín consiguió trabajo para Che en la fábrica de cartones de New Jersey. A Regino se le aseguró trabajo de conserje en el edificio contiguo y Bernarda compró ropita caliente para los diez nietos. Paulatinamente creó su imperio, empuñando los súbditos, avasallándoles con sus favores, sus dádivas atadas a cuerdas sólidas. Bernarda urdió su tela viscosa como una araña y buscaba la ración diaria de discordia entre sus súbditos para establecer su dominio absoluto.

Detestaba a las mujeres de sus hijos, todas eran unas perezosas, chismosas, malagradecidas. Hasta a la difunta injuriaba opinando que Benjamín debió haberse casado con Delia, tan buena muchachita que era, pero como la Isabel andaba loquita por él le echó un brujo virándole la cabeza y de la noche a la mañana dejó a Delia y se casó con ella. Pero como Dios todo lo ve y todo lo oye, pasó las de Caín y dejó al pobre Benjamín espetao con la huérfana esa que parece un ratoncito asustao que cada vez que viene visita se esconde en los rincones como cucaracha cuando se prende la luz.

La italiana de Ismael es una puta que le pegó cuernos mientras estaba en el ejército. Lo sabía de pura tinta, si hasta le habían visto en un bar besuqueándose con un tipo alto de pelo negro. Y fíjate como la nena no se parece ni a ella ni a mi santo hijo. Pero él está ciego y no hay quien le hable mal de ella. Hasta lo obligó a mudarse lejos de la familia, el pellejo ese.

María, esa ni se diga. Esa patiseca aplataná es lo más puerco que he visto en mi vida. Tiene a esos muchachitos estrasijao siempre, dan pena. Y el pobre Che se aparece por ahí cada rato mirando pa' la cocina con ojos de perro hambriento.

Ay, yo no sé qué hacer con esos muchachos. Tantos sacrificios que hago por ellos y hasta les tolero a las mujeres, pero se me arranca el corazón de pensar en lo mucho que esas malagradecidas me los hacen sufrir. Y el Benja mujereguenado por ahí con unas y otras y no acaba de sentar cabeza. En la 141 vive la viuda Fela que es tan buena y está loca enamorá de Benja. Él ni la mira, dice que es muy vieja pa' él. Que a él le gustan los pollitos. Qué pollitos ni pollitos, le digo. Tú necesitas una mujer que te cuide, que te tenga las comidas a tiempo, que te tenga la ropa y la casa limpia, que no te pegue cuernos. Y mira que Fela es viuda y tiene una cuenta en el banco. Trabaja duro, tiene el apartamento bien cuidadito y solo tiene un hijo mayor y está por su cuenta. Y es loca con la huérfana. El otro día le compró una faldita lo más linda y siempre le da chavos pa' dulces. Deja ver si recapacita que los años pesan y mientras más viejo más difícil se hace conseguir una mujer decente. Yo no sé, un día ese muchacho va a coger una enfermedad por ahí andando con tantos cueros. Siempre me tiene con el corazón en la boca. El otro día andaba con una mujer casada. Eso no me lo dijo él, me lo dijo Lolita que todo el mundo lo estaba comentando. Qué revolú se va a formar si el marido los coge. Ay Virgen de los Siete Milagros, cuídamelo.

Las comadres del barrio escuchaban los lamentos comprensivas. ¿Qué madre no entendía los enlaces desgraciados de sus hijos? ¡Con tanta mujer buena en el mundo, siempre paraban con las peores!

En cuanto a Carmela, Bernarda la consideraba fea—bendito, no sacó nada de la madre—pero aún así se abalanzó fervorosa a la tarea de unificación con su hija única ansiosa por impartirle sus conocimientos de ama de casa ejemplar y sacarla de la ignorancia. La pobrecita, si casi ni la reconozco cuando la fuimos a buscar al aeropuerto. Tenía un vestidito de algodón ralo que le llegaba a los tobillos y casi no podía andar con unos zapatos blancos de taco que traía y que le apretaban los pies porque eran demasiado finos. Bueno, qué le iban a servir, si ella estaba acostumbrá a andar descalza por las malezas y los pies los tiene despatarraos. Y tan jíbara, no se atreve ni hablar. Pero que no se apure, yo le voy a enseñar a comportarse pa' que no sea tan bobolona.

Capítulo IV

La esperanza es el fogón perpetuo del pobre que le permite franquear cada madrugada de escasez y carearse con el nuevo sol, día tras día y tras cada noche. Atizando esa lumbre engañosa en escondrijos apagados se oculta todo tipo de añagaza afilada: la bolita, la lotería, la baraja, la quiniela, todas ellas sacrificios a la Diosa Chiripa, quien subyuga y cautiva con sus sortilegios de enumeraciones mágicas.

El juego de azar es la única esperanza del pobre quien sobrevive sus días de trabajo estéril arropado en fantasías de pegarse en la bolita o sacarse la lotería para al fin salir de su miseria. Sin esta ilusión sólo queda la esperanza de Dios y la gloria venidera, un sueño un tanto alejado del sufrimiento tangible. Promesas de una recompensa diferida en un futuro que quizá nunca llegue atrae a muy pocos porque no son muchos los inocentes de espíritu.

Ciertamente Bernarda no pertenecía a esa sociedad minúscula de inocentes. En un brote de pietismo adolescente, se confesó una vez en la iglesia del pueblo después de haber caminado cinco kilómetros desde El Cuco. El confesor español, con su cara torva y voz de trueno, le informó, luego de escuchar sus pecados, que por sus trasgresiones se quemaría en la llama eterna del infierno. Muerta su esperanza por un paraíso eterno, finalmente cayó irrevocablemente embelesada en los brazos de la Diosa Chiripa en la esperanza de gozar de un paraíso terrestre. A pesar de las prohibiciones de su marido, quien detestaba el juego con pasión de misionero jesuita, Bernarda reptaba entre toques secretos, trastiendas clandestinas, códigos escondidos en sueños, desparramando el dinero de la frente de Félix sobre mesas sucias y manos viciosas. Jugaba de todo porque nunca se sabía cuál de los ritos complacería a su diosa. A veces ganaba, aunque nunca lo suficiente para compensar sus pérdidas. Estas ganancias la azuzaban con esperanzas mayores.

Al principio el juego fue una distracción más en su mundo rutinario, como la matiné de los martes o la visita a su prima en El Barrio. Pero pronto se convirtió en una fijación unidireccional. El ganar ya no representaba una finquita en Puerto Rico para su retiro, sino un estado emocional elevado que la mareaba como un halón de marihuana. Su espíritu comenzó a alimentarse del juego. Mentía, inventando enfermedades variadas con sus visitas concomitantes a los médicos dándole las excusas necesarias para salir a la calle y no cumplir con los deberes caseros. Consultaba con la vecina quien tenía un libro de portada parda y ajada por el uso que interpretaba sueños numéricamente. Soñaba con números, susurrados por ánimas batiéndose entre dos mundos, o soñaba con objetos y acontecimientos, como una boda o una taza, y éstos eran convertidos por su intérprete del libro en ristras numéricas listas para jugarse. Aprendió a escribir jeroglíficos con líneas temblorosas y círculos toscos para hacer sus listados diarios y llevárselos al bolitero. Semanalmente compraba billetes de la lotería irlandesa clandestina, los múltiples números posados en fila como presos paralizados. Todos los viernes, a las dos de la tarde, se reunía con amigas en apartamentos vecinos a jugar briscas, sus barajas españolas tiradas a la mesa en combinaciones cabalísticas.

La llegada de Blanca fue una bendición. Ya a los tres años le adiestró a subirse en una banqueta frente al fregadero para lavar los trastes. La niña cuya coordinación motriz no había madurado a cabalidad, rompía tazas y vasos al no poderlos sostener mientras intentaba introducirles el trapo enjabonado. La abuela solucionó el problema administrando palizas diversas con cualquier objeto que tuviese a la mano y logró desarrollar en Blanca una coordinación motriz extraordinaria para una niña de su edad. Además de realizar tareas caseras, Blanca la acompañaba en sus visitas al bolitero despejando cualquier sospecha del marido.

El frío gris enojaba una tarde cuando Bernarda llegó al edificio dilapidado del bolitero con Blanca cogida de la mano. Entraron al pasillo del primer piso y tocó en la puerta del 1A. Nadie contestó.

—Qué raro que no hay nadie— dijo Bernarda pensativa cuando brotaron de las paredes oscuras dos hombres corpulentos con abrigos largos y negros. Agarraron a la mujer por un brazo. Blanca lloraba del susto mientras la abuela le gritaba —¡Cállate muchacha del demonio!—

Los hombres gigantescos mostraron una chapa plateada y dieron órdenes que Bernarda, petrificada, no entendió. Le arrebataron la cartera y vaciaron su contenido en el suelo. Su monedero, peinilla, espejo, todos rodaron por el piso curtido. Los hombres destriparon su cartera, examinándolo todo, y al no encontrar lo que buscaban, se la empujaron en el pecho.

—¿Qué pasa? Yo no hice nada. Vine a ver a una amiga.

—Get out of here!—ordenó uno de los intrusos señalando la salida con un dedo autoritario.

Bernarda, muy entendida en el lenguaje de gestos, recogió sus pertenencias del suelo, abarrotó su cartera y agarrando a la niña por un brazo se apresuró jadeando hacia la calle. Al doblar la esquina, ya no pudo caminar y se recostó contra un poste hasta pasarle la tremblequera.

—¿Quiénes son esos hombres, abuela? ¿Por qué te quitaron la cartera?

—¡Cállate, demonio!— Apretó el brazo de la niña y con ojos destellando tras los espejuelos, sisó:

—No le vayas con el cuento de esto a nadie. ¿Me oíste? A nadie. Que si Félix se entera, me mata.

Blanca asintió repetidamente con la cabeza, los ojos muy abiertos.

En el apartamento Bernarda se apresuró a quitarle el abrigo a la niña.

—Ahora quítate los calzoncitos—le ordenó.

Blanca obedeció observando cómo su abuela removía sus prendas interiores y el imperdible sujetando un papelito inscrito con números.

—Qué suerte que no te rebuscaron—decía—. Yo me olí el tocino de que algo podía pasar. La semana pasada agarraron a Tino. Y ahora andan detrás de Moncho. Voy a tener más cuidado. Mira cómo me tiemblan las manos todavía. Y las rodillas no me aguantan. Este ha sido el susto de la vaca.

Blanca no interrumpió el monólogo de la abuela con sus interrogantes. La abuela nunca le explicaba nada. Sólo le daba mojicones y regaños.

—Los muchachos se ven pero no se oyen—le amonestaba de continuo, mandándola a callar. En su silencio, Blanca intentaba contestar las preguntas que le brotaban en el cerebro como pasto e inventaba respuestas plausibles, agarrándose de su experiencia rala para formar conexiones lógicas en el mundo adulto confuso. Sabía que preguntar era correr el riesgo de confirmar o negar lo obvio. Así la niña se encerró en su silencio, escondiéndose en un dormitorio oscuro cuando aparecía visita porque la gente le causaba un pavor calcinante. Creció sola como hoja imponiéndose con violencia entre las grietas de una piedra, sus pensamientos rebeldes negándose a callar en su silencio. Algún día los días malos dejarían de existir.

El episodio con los detectives no escarmentó a Bernarda. Como león enjaulado paseábase malhumorada por el apartamento, repartiendo tirones de orejas e insultos. Pero un sábado la presencia continua de Félix en el apartamento amenazaba con estallarle la paciencia. Bernarda hizo un listado de números escondida en el baño y llamó a Blanca a la cocina. Le dio unos dólares mandándola a la pizzería de la esquina donde Tony, el italiano, se sentaba en la trastienda con un cigarro bamboleándose entre los labios estrechos como hilos. Blanca siguió las instrucciones de la abuela al pie de la letra. Llegó a la pizzería, pasó desapercibida detrás del mostrador, abrió una puerta descascarada. Timorata, sacó la lista y el dinero del bolsillo de su abrigo y los entregó al hombre del cigarro mientras una humareda le ardió los ojos.

—¿Quién tú eres, nena?

—La nieta de Bernarda.

—Ah, sí, bueno, bueno. Tú eres nena bueno.

Blanca corrió al apartamento, sintiendo los hombres de placas plateadas pisándole los talones. No quería ir presa. El primo Toño había contado como en la cárcel los hombres se convierten en bestias. Si eso les pasaba a los hombres, Blanca se estremecía al pensar en los horrores que les esperarían a las niñas.

Mandar a Blanca a jugarle la bolita resultaba sumamente cómodo para Bernarda y la niña al notar que los hombres de abrigos oscuros no regresaban, iba a la pizzería tan tranquilamente y con tanto orgullo de realizar una encomienda aceptable a la abuela exigente, que hasta Tony le obsequiaba con una gaseosa de vez en cuando.

Los sábados regresaba de la pizzería con encargos en los brazos para despistar a Félix y en ocasiones encontraba a Benjamín en el apartamento en una de sus visitas periódicas a la madre para entregarle la mesada e indagar sobre su salud precaria. Mirándose los zapatos Blanca le pedía la bendición a su padre. Paralizada esperaba su—Dios la acompañe—y la indicación de haberle dirigido la palabra por última vez. Luego de poner los encargos sobre la mesa de la cocina, Blanca iba a su cuarto observando cuidadosamente las enormes flores blancas que cubrían el fondo azul del linóleo.

Desde que se le orinó encima, Benjamín no le permitía acercársele y la trataba como algo transparente cuya existencia no negaba, pero no obstante, se le hacía fácil olvidar. El día de su ignominia había sido también un sábado y Blanca tenía algunos cuatro años. Había terminado de fregar una trastera cuando Benjamín tocó a la puerta. Estaba de muy buen humor ese día. La noche anterior logró una conquista amorosa que creía perdida y esa noche también le guardaba promesas de amor. Vio cómo la niña, con su trajecito trepado al frente, le miraba tímidamente desde un rincón de la cocina, absorbiendo su olor a brillantina recién aplicada, la boca entreabierta, la cabeza ladeada. En un arranque de piedad la tomó al hombro y sentándose en una silla de cromio, la posó sobre uno de sus muslos porque los hombres carecen de faldas.

Blanca se acurrucó toda changa contra el pecho grandote de ese hombre grandote que era su gran amor. Estando en la gloria, no se atrevió moverse mientras él conversaba con Bernarda sobre un sueño que tuvo con el 106. Se le adormeció un brazo, pero ni el Vesuvio estallado la haría moverse. Sintió un peso apretándole la vejiga. Apretó los muslos y cerró los ojos, casi mareada, absorbiendo mejor el aroma de la brillantina cuando sintió el chorro caliente escapándose entre las piernas. Benjamín saltó como gallo azorado por un gato tirando a la niña al suelo y mirándose los pantalones con su mancha oscura y pestilente.

—Mire, mamá, lo que hizo la condená muchacha ésta. Me meó los calzones limpios que acabo de traer del laundry. ¡Me cago en ná! ¡Maldito sea el demonio! ¡Pero te voy a arreglar!— gritó mientras se quitó la correa y miró con ojos de centella a la niña acurrucada en el rincón.

—Ven acá, que te voy a arreglar, so puerca.

La niña, temerosa de enojar aún más a su padre, se acercó aceptando estoicamente el castigo que consideraba tan merecido. Recibió una tunda de su padre, azuzado por la abuela quien le advirtió que si no le enseñaba una buena lección se criaría como palo doblado y entonces sería tarde. Aprovechó para prorrumpir en invectivas sobre lo vaga, puerca, inservible e insufrible que era la huérfana ésa del demonio.

—Tú no sabes el favor que te hice cuando te la quité de las manos— le repetía al hijo.

Benjamín ya no necesitaba excusas para ignorar a la hija. Aún cuando ella le pidió envalentonada que la visitara un día de Navidad y él prometió hacerlo, la dejó esperando en la ventana desde la mañana hasta el anochecer y no apareció.

Capítulo V

Nadie sabía si Ralph era un apodo anglicanizado de Rafael o Reinaldo. Lo sabido a ciencia cierta era que Ralph mantenía invicto el título de Juan Tenorio del cuarto grado. A los trece años era un hombre mayor, de experiencia, no obstante sus retenciones en un par de grados durante su carrera en la escuela elemental. Sus facciones adónicas, su caza continua de la hembra, lo hacían irresistible ante las niñas quienes se mofaban de los mozalbetes tan chiquillos de su edad. Todas obviaban el hecho de que Ralph no leía bien y su genio se limitaba a esparcir sus encantos entre todas las muchachas de la escuela y algunas ya mayorcitas de la escuela intermedia de la 142. Ninguna resentía la responsabilidad de compartirlo. Era parte del pacto tácito. Si se quería ser novia de Ralph, y todas querían serlo, debían aceptar un noviazgo breve. Después de todo, un espécimen como ése no se encuentra todos los días y dichosas de ellas que lograban mantener su atención de potro altivo aunque fuese por una semana máximo. Ralph, el liberal, no discriminaba. Tenía novias negras, novias puertorriqueñas, novias irlandesas e italianas. Hasta Bonnie, la quáquera, cayó hechizada. Blanca, quien lo miraba con ojos de vaca indispuesta, tuvo la dicha de llamarse su novia durante toda una semana, aunque fue una semana de cuatro días por celebrarse el natalicio de Washington. Luego, cuando le tocó el turno a Bárbara durante una semana de cinco días completos, sintió una punzadita de celos, pero aún le confería sus miradas bovinas antes reservadas para las fotos de Elvis Presley.

Ralph era hombre de mundo, con sus pantalones apretaditos, sus camisas almidonadas y un gallo rizo que le bajaba desde el centro de la cabeza hasta la frente dividiendo sus hemisferios cerebrales en una cordillera nítida abrillantada.

Las muchachas lo oteaban de continuo y el muy orondo se paseaba por el salón, los pasillos y el patio de la escuela con la muchacha del momento, sin dignarse a dirigirle la palabra a los jovenzuelos inmaduros que lo envidiaban y detestaban. Después de todo, a los trece años se sabe todo lo que hay que saber sobre la vida. Es más, circulaban rumores al efecto de que Ralph besaba con lengua. A pesar de que ninguna de sus novias admitía haber gozado de esa delicia sin par, la fantasía envuelta en humos pubertales y repetida tantas veces, se convirtió en verdad absoluta.

Las niñas sólo hablaban de Ralph. Blanca, cuya semana de cuatro días con el objeto de sus fantasías había transcurrido rápidamente, se consoló con Luis, un muchacho de su edad que leía bien y lucía un lunar lo más mono encima del labio superior. Caminando desde la escuela un día, Luis se mostró un tanto agitado, mirando de lado a lado, huraño.

—¿Qué sacaste en la prueba de matemáticas?— preguntó Blanca.

—Una B.

—Mrs. Kaufman estaba de mal humor hoy. ¿Te fijaste cómo alzó los ojos al techo cuando a Aurora se le cayó el libro de estudios sociales al piso? Y a mi me regañó porque llegué sudada y colorada del patio.

Luis miraba dentro de los edificios rebuscando entre las sombras con miradas rápidas mientras Blanca hablaba.

—Dijo que con razón me da asma. Que no debía brincar cuica porque después había que llevarme al hospital con un ataque de asma y se formaría un problema. ¿Tú la oíste cómo me regañó y me llamó irresponsable?

—Sí.

—Oye ¿qué te pasa? ¿Estás mudo o qué?

Luis agarró a Blanca por un hombro y le soltó:

—Vamos a besarnos.

Blanca le miró el lunar tan mono. —Ay, yo no sé— le dijo incómoda. Sólo había experimentado vicariamente los besos de adolescentes besuqueándose en los pasillos de los edificios o detrás de la caseta del parque.

—Vamos— le conminó él. —Es bien bueno.

Arrebatado le apretó el hombro de nuevo, tratando de convencerla con su ardor porque las palabras se habían escondido en algún lugar tan remoto de su cerebro que no lograba hablar con coherencia. Frustrado, no encontraba las frases necesarias para convencerla a cometer este acto que quizás los fulminaría pero que él anticipaba enardecido y bastante nervioso. La necesitaba en esos momentos, su presencia era esencial para cumplir con su plan arrebatado. La convencería a como diera lugar.

—¿Qué pasa, es que nunca te has besado con nadie?

Blanca asintió con la cabeza y se dejó arrastrar por el niño en flamas por no pecar de neófita, mal peor que la muerte misma. Después de todo, ella había sido novia de Ralph y nadie sabía que sólo se habían cogido de la mano una vez.

Entraron a un pasillo oscuro. Luis lo exploró rápidamente. La empujó detrás de la escalera donde el olor a orines empuñaba las botellas vacías. A Blanca le temblaron las manos frías, sudadas, repentinamente pegajosas. No sabía qué hacer, adónde poner los brazos, cómo hacer desaparecer la nariz. Cerró los ojos mientras se agarraba tenazmente de los libros. En las películas había visto cómo las heroínas siempre cerraban los ojos ante el beso fulminante del galán. El olor a orines le llegó al estómago cuando sintió un picotazo rápido en los labios. Abrió los ojos y vio la cara de Luis contorsionada en un rictus nervioso. Le dio la espalda y corrió con el olor a orines y el picotazo quemándole los labios hacia la calle, el aire frío del invierno casi le congelaba las gotas que brotaban incontenibles.

Un beso debía ser un placer tan grande como comerse un helado de chocolate recostado sobre una barquilla de azúcar. Un beso debía ser largo y debía una sentirse tan bien como cuando se acaricia un perrito. Siempre lo había imaginado así, sabor y suavidad. ¿Pero ese picotazo frío, desabrido, brusco? A la verdad era medio estúpido. Pero no, quizás no. En las películas la heroína cerraba los ojos, el galán le plantaba los labios en los de ella y por largo rato permanecían untados con las cabezas ladeadas. Ella siempre parecía lista a desmayar. ¡Eso es! El estúpido de Luis debió haberle pegado los labios por mucho rato. Ay, pero con esa peste a orines, no sabía si podía aguantarse mucho. A lo mejor detrás de la caseta del parque. Bueno, pero ella no se lo iba a decir a Luis. Él era el que debía saber esas cosas y ella hacerse la boba. Sus reflexiones osculares no sirvieron de mucho. Luis y Blanca, en un acuerdo inexpresado, nunca hablaron del episodio ni se consideraron anoviazgados después del fracaso aplastante detrás de las escaleras.

Reflexionando aún sobre el picotazo y como William Holden era todo un perrito lanudo cuando saboreaba el helado achocolatado de Jennifer Jones, Blanca subió al segundo piso del edificio en que vivía.

Disfrutó de las emanaciones flotando desde la panadería del primer piso. Al entrar al apartamento le azotó el aroma de habichuelas ablandando. Sintió cómo el hambre que escapó tras las escaleras retornó resoluto y abrió el refrigerador. No había mucho. Buscó en el bolsillo de su falda y encontró una moneda. Bajó a la panadería donde compró un bizcochito de maíz, se lo atragantó y regresó al apartamento antes de que la abuela llegara. Había dejado la cerradura abierta y las habichuelas hirviendo. No estaría lejos. Oyó un portazo.

—Bendición.

—Dios la acompañe— Bernarda puso un paquete en la mesa de la cocina, se quitó el abrigo y lo llevó a su dormitorio.

—Blanca, bota la basura y lleva ese saco de ropa a lavar. Y avanza que después que comas tienes que llevarle la fiambrera a Che.

Desganada, Blanca cargó la bolsa repleta de basura al sótano donde el superintendente del edificio la quemaba en una caldera de carbón enorme que intermitentemente ofrecía calor y agua tibia. Bajó por los peldaños oscuros tentando con la punta de los zapatos el filo de cada escalón. Ya al fondo caminó varios pasos con un brazo alzado sobre la cabeza hasta dar con una cadena larga que al tirar de ella, encendía una bombilla opaca. Un escalofrío la arropó al escuchar el aleteo de patas de las ratas escabulléndose de la claridad repentina. Soltó la bolsa de basura como si la quemara, tiró de la cadena de la bombilla y escaló los peldaños en busca desesperada de la claridad que chupó con fruición al salir del sótano.

En el apartamento buscó la ropa sucia apretujada en un saco de lona blanca parecido a los que portan los marineros. Lo agarró por la cuerda y arrastrándolo escaleras abajo, llegó a la calle. Se lo echó al hombro y jadeante, entró a la lavandería automática. Apretujó la ropa en dos máquinas de lavar, le polvoreó detergente encima e insertó una moneda en una ranura activando la máquina alborotosa.

En el fondo del saco había escondido dos botellas vacías de gaseosas que recogió de un zafacón en la calle. Corrió hacia la esquina, cruzó la calle y entró en una tienducha oscura donde un anciano seco le canjeaba las botellas por revistas o historietas usadas. Escogió un "True Confessions" y una historieta de Archie. Sentada en la lavandería calurosa, leyó rápidamente mientras esperaba porque ya en el apartamento la abuela no le permitía perder tiempo leyendo.

Había anochecido cuando regresó. Bernarda, impaciente porque Che esperaba, la mandó de inmediato al hospital sin permitirle cenar. La noche fría le cortó la piel de las manos desnudas que cargaban una bolsa pesada. Caminó diez cuadras y llegó a una calle desierta donde una verja alta, de hierro negro, se erguía adusta. Escaló la verja coronada de espigas puntiagudas. El frío le rozó las piernas. Le fue difícil aúparse con la bolsa de papel pesada que portaba una fiambrera olorosa a arroz, habichuelas y carne guisada. El olor le dio hambre. Agarró la fiambrera con la mano izquierda aguantándose de la verja con la otra. Al tirar la pierna izquierda sobre la verja, cuidándose de no enterrarse una espiga en el trasero, transfirió la bolsa a la mano derecha. Bajó el torso hasta alcanzar los brazos extendidos de una sombra que esperaba hambrienta por el paquete aromático.

Su tío Che llevaba meses en un sanatorio de tuberculosos. El microbio infeccioso laceró su pulmón izquierdo tan vorazmente que los médicos extirparon parte del pulmón para salvarle la vida. En el sanatorio, dirigido por una organización católica y administrado por unas hermanas de caridad vestidas de carmelita, la comida espartana carecía de los adobos, las salsas y los arroces a que Che estaba acostumbrado. La carne, desabrida, ni siquiera la salaban. Le daban unos sobrecitos de sal y pimienta para desparramarlos encima de las lascas recocidas. Che se quejó durante una visita de Bernarda y como buena madre que era, de ese día en adelante mandaba a Blanca cada anochecer, para evitar el que las monjas la detectaran, a alimentar a su hijo porque—esa comida que comen los americanos no sabe a nada y por eso no alimenta—decía. Las monjas aparentemente se recogían al anochecer a cumplir con sus ritos misteriosos y permanecían desapercibidas de esta maniobra, aunque Blanca aseguraba que el San Francisco de Asís plantado en el patio la miraba con ojos descontentos, mientras el hombre comía en el silencio de la noche y la niña esperaba intranquila.

Al regresar esa noche subió las escaleras crujientes del edificio viejo y destartalado en que vivía, e interrumpió el sueño artificial de un borracho tendido en las sombras del pasillo. Rabiando por haber sido tan bruscamente arrancado de su ebrio sopor, la acosó escaleras arriba como fiera herida y tambaleante.

Sus dedos perecían aspas de molinos atacando los aires. Su viejo sombrero negro y sus dedos engarabitados se incrustaron en la memoria de

Blanca a través de sus ojos asustados. El resto de su cuerpo se sepultaba bajo un abrigo sucio y oscuro. Blanca ascendió las escaleras rápidamente y tropezó una vez aún cargando la fiambrera vacía, y casi cae entre las garras hostigantes. La respiración del borracho la golpeaba con su peste a alcohol y vómito y le brindaba bríos para proseguir su carrera. Con un dolor pesado contra el pecho, llegó a la puerta del apartamento, refugio frágil a las asperezas exteriores, el único refugio que existía para ella. Golpeó la puerta con ardor y después de una espera eterna, Bernarda abrió. Trepidando le contó a la abuela la causa de su pavor. Bernarda le dio la espalda y mostrando sin disimulos el aburrimiento que le causaba su episodio desventurado, continuó zurciendo maquinalmente los calcetines negros de su marido. Esa noche acostada en el pasillo que le servía de alcoba, Blanca no se atrevió cerrar los ojos temiendo que tan pronto se dejara arrastrar por el sueño, aparecerían los tentáculos odiosos a ceñirse alrededor de su garganta.

Capítulo VI

Los puertorriqueños padecen de una dolencia preponderante y peculiar llamada nervios. Desde la depresión hasta la epilepsia, los llamados nervios arropan todos los males mentales y físicos de esta población como manta protectora sagrada. Los nervios se manifiestan en ataques acometiendo misteriosamente a los afligidos causando apoplejía, sacudidas espáticas y síntomas diversos. Por ser una dolencia aceptable, a pesar de su aparición y desaparición misteriosa en la vida de los sufridos, el alegar que se sufre de este mal educe sentimientos de comprensión y simpatía. Porque todo puertorriqueño, tarde o temprano, personalmente o vicariamente, tiene alguna experiencia con el padecimiento incomprensible.

Cansado de las acusaciones y diatribas de su mujer, que a medida que envejecía se hacían más frecuentes, Félix desarrolló un mal de nervios cuyos síntomas aparecían súbitamente sólo cuando dormían juntos. Si llegada la noche Félix cometía la equivocación de acostarse a dormir con su mujer en el lecho matrimonial, le invadía un ataque de nervios en todo el cuerpo sacudiéndolo incontrolablemente en una serie rápida de contracciones espáticas en sus músculos causándole lo que él denominaba los brincos. Tan pronto acomodaba la cabeza sobre la almohada los brincos cobraban un vigor independiente y como duendes invisibles se apoderaban de su cuerpo. Comenzaba a saltar tan violentamente que a veces caía de la cama. Como tampoco dejaba a Bernarda dormir con las sacudidas constantes, intentó dormir en el sofá de la sala por unos cuantos días, ya que los brincos discriminatorios sólo le atacaban cuando dormía con ella. Pero las peleas y vituperios de su mujer eran implacables. Lo obligaron finalmente a buscar refugio en la habitación amueblada de una pensión barata.

Todas las tardes al regresar del trabajo en la fábrica de joyas, Félix se acomodaba en su butaca a leer el periódico vespertino estirando los brazos frente a él, hasta que sus ojos astigmáticos podían enfocar en las palabras impresas. Después de la cena se encerraba en el cuarto pequeño construido para realizar sus trabajos clandestinos de mecánico dental. Al toque de las diez, le daba un picotazo en la frente enfurruñada a Bernarda, le echaba la bendición a Blanca y salía perdiéndose en las sombras.

Bernarda seguía su rastro como sabueso. Salía con su abrigo oscuro, pisándole las sombras, cerciorándose de que dormiría en la habitación alquilada y de que dormiría solo. Escondida tras algún automóvil, como ladrón que espera un incauto, velaba por horas muertas, hasta que el frío y el cansancio la obligaban a retroceder. Blanca esperaba despierta la llegada de la abuela, buscándola en las calles desiertas a través de la ventana, muerta de miedo al escuchar el viento tocando con dedos alargados.

Por el día Bernarda husmeaba también interrogando a los habitantes de la pensión, preguntándoles si conocían a Félix y si dormía solo. Convencida de su infidelidad no cejaba en su intento de sorprenderlo en el acto. Nunca creyó sus cuentos sobre los brincos, ni los cuentos de que lo ponía nervioso y por eso no podía dormir con ella. Había otra mujer. No tenía la menor duda. Todo era cuestión de cogerlos juntos.

En su acecho incansable arrastraba a Blanca al salir de la escuela y tomaban un tren subterráneo hacia una estación central de Manhattan donde encrucijadas de gentes formaban urdimbres hormigueando de un lado a otro apresuradamente.

—Siéntate ahí en ese banco, Blanca, y no te muevas hasta que yo regrese— le advertía a la nieta—. ¿Me oíste bien? No te muevas. Yo tengo que ir a un sitio donde no dejan entrar a niños porque la policía se los lleva presos. Así es que te quedas aquí quieta y callada. Yo regreso pronto.

Blanca no sabía lo que era un pronto. Pasaba tanto rato en la estación que veía cientos de miles de caras, no, ella estaba convencida que había visto por lo menos un millón de caras rebuscando en todas ellas la cara de su abuela. Si pasaba el lindero de lo que ella consideraba era un pronto y la abuela aún no llegaba, empezaba a lloriquear convencida de que la abuela nunca la encontraría en medio de esta muchedumbre que la arrastraba en oleajes violentos. Si no, pensaba que la abuela se había escapado una vez más para Puerto Rico. Ya lo había hecho muchas veces dejándola en casas extrañas con gente que ella ni conocía. Pero no tenía maleta. A menos que la escondiera en algún lugar. O quizá la abandonó allí para siempre cumpliendo sus amenazas porque ayer se cayó y se peló una rodilla cuando salió de la escuela y la abuela le dio unas bofetadas al son de —por estar rezando no fue que te caíste, so cabra.

Una pelota le creció en la garganta y las lágrimas ya incontenibles saltaban como abalorios de un collar roto. Callada sentía el frío de sus cachetes mojados. Las multitudes pasándole por el lado, entrando y saliendo de los trenes, subiendo y bajando las escaleras de plataforma a plataforma, no la veían. Era extraño sentirse invisible entre tante gente que por no mirarla, no reconocían su existencia. La niña se sintió arrasada por el oleaje de gente ciega yendo y viniendo como ejército de autómatas en medio del torbellino de los trenes carraspeando los rieles con sus rasguños de acero hasta dejar de oírlos. La abuela aparecía furiosa al verla llorando y el coscorrón raudo adjudicado le impedía a la niña hacer pregunta alguna porque ahora sí tenía razón para llorar.

Con Blanca podía lidiar certeramente, sin ambages, pero con el marido debía ser más comedida y controlar su impulso de abofetearlo. En las tardes mientras él comía pausado, arremetía con sus acusaciones e insultos, su única arma, intentando romperle la barrera que contenía mansa el secreto. Siempre decía que Félix tenía un genio del demonio y siempre estaba consciente de un lindero invisible que tan pronto lo traspasase, la fulminaría con su incendio de violencia púrpura.

—Fíjate— le contó a una amiga —una vez yo le estaba peleando y por no darme a mí le metió un puño a la pared y se rompió la mano. Si me llega a dar a mí, me rompe la quijada. Por eso cuando le peleo me da miedo que pierda la paciencia y me dé un mal golpe.

No obstante, Félix se mostraba paciente. Aguantaba los vituperios impávido hasta que la rebeldía estalló como perro muerto bajo el sol un día en que él salió a hacer unas diligencias y regresó lívido. Con los ojos comprimidos en una mueca iracunda, se abalanzó sobre Blanca temblando.

—¿Dónde está Bernarda?— preguntó, su voz como navaja afilada.

—Ella salió, papá.

—¿Cuándo salió? ¿Hace rato?

—Sí, hace mucho rato.

—¿Cogió una llave, verdad? ¿Una llave que yo tenía en mi cuarto? Blanca se miró los zapatos.

—¡Dime la verdad, muchacha!

No sabía qué hacer. Félix construyó un cuarto pequeño que siempre mantenía cerrado con llave. En ese cuarto guardaba sus herramientas, su silla altiva, y hacía trabajos clandestinos de mecánica dental. Fabricaba dentaduras postizas, rellenaba muelas horadadas por las caries, y a veces creaba joyas de oro con cuentas de perlas cultivadas o piedras semipreciosas conseguidas a descuento en la fábrica en donde trabajaba. Como no tenía licencia para operar estos negocios, el cuarto pequeño permanecía herméticamente cerrado todo el día y sólo él tenía llave para abrirlo. Así, decía, si alguien venía a investigar, no podría penetrar su escondite nocturno.

Había un espacio abierto entre el techo y una de las paredes del cuarto y fue a través de esa franja oscura que Bernarda empujó a Blanca, quien se había encaramado en una silla para escalar la pared, hasta caer dentro del cuarto y desde el otro lado abrir la cerradura. Bernarda entró, husmeó y con manos ávidas desacró la privacidad de su marido encontrando lo que buscaba: una llave desconocida.

—Aquí está la llave de la puta— escupió con el puño en el aire enfatizando su mueca de asco.

—Quédate aquí— le dijo a la nieta —que yo tengo que salir. Si viene Félix preguntando por esta llave, no le digas que yo la cogí. ¿Oíste? No te atrevas decirle que yo la cogí porque me mata.

Blanca asintió asustada mientras Bernarda tomó la cartera y se apresuró escaleras abajo, la llave quemándole la palma. Ahora el marido también buscaba la llave en el cuarto y al no encontrarla, interrogaba a la niña despiadadamente.

—Dime la verdad, Blanca. Yo no le voy a hacer nada a tu abuela. Sólo quiero saber si ella tiene la llave. Es una llave muy importante.

Blanca no pudo mentirle. Quizá por él hubiese mentido, pero no por ella. Forzada a escoger lealtades Blanca escogió al que guardaba un estuche de primeros auxilios con una cruz colorada apareciendo tan pronto ella se daba un rasguño. Al hombre que la protegía cuando podía de los golpes sin compasión de su mujer. El hombre que la llevó una vez al cine y la consoló cuando atemorizada se metió debajo del asiento cuando un gorila se escapó de su jaula enorme en un laboratorio misterioso y secuestró a una muchacha bonita que dormía inocentemente. Al hombre que le ayudaba de vez en cuando con sus tareas escolares.

—Sí, papá— le dijo.

No terminó de pronunciar la última sílaba cuando Félix cayó al pasillo en dos zancazos y bajó las escaleras como demonio que ha visto la cruz.

Blanca miró por la ventana esperando una cara conocida asomarse entre las calles. Vio las caras sudadas de los vecinos que iban y venían haciendo sus diligencias sabatinas. Los niños raspaban las aceras con sus patines ruidosos. Dos automóviles parados en el semáforo rojo de la esquina, esperaban.

Confundió el dolor ventral con un hambre atroz y camino a la nevera escuchó un estruendo de voces agitadas, gritando, esgrimiendo, fatigando el aire.

Entró Bernarda con la cara roja jadeando y apresándose el pecho con un puño. Félix se abalanzó tras ella con la cara blanca como la cal, los puños cerrados, exangües.

—Dame la llave— rugió.

Blanca se escondió tras la butaca.

—Con que quieres la llave, ah. ¿Por qué te interesa tanto esa llave? Porque es de la casa de la puta ¿verdad? No lo niegues, si al fin los cogí. Fui al piso de la cabra, metí la llave y entró facilito. Lo que siento es que no estaba ahí porque lo que quería era arrancarle los ojos. Pero uno de los mocosos estaba y le di un buen pescozón.

La cara de Bernarda, contorsionada por la ira, parecía un balón desinflado.

Blanca temblaba tras la butaca.

—Dame la llave, carajo, porque te mato— Las palabras silbaron tan frías y bajas que penetraron el cerebro como chillido.

—Mátame. ¿Por qué no me matas? Si es lo que falta. Primero te acuestas con la Carmela, mi propia hija, la que cargué nueve meses en la barriga, y después me matas para que puedan acortejarse en paz.

Blanca no entendió por qué papá y tía Carmela se acostaban juntos, pero presintió el por qué ese hecho le causaba tanta furia a la abuela.

Félix se tiró sobre Bernarda intentando arrebatarle la cartera. Le agarró un brazo con la mano izquierda mientras se esforzaba por quitarle la cartera conteniendo la llave infame con la derecha. Bernarda logró zafarse y salió corriendo del apartamento.

Parado en medio de la sala jadeante, con los puños cerrados, Félix miraba hacia la puerta abierta de par en par mofándose de su impotencia. No vio cuando Blanca salió de su escondite. Con ojos vidriosos se sentó en la butaca. Se veía cansado, pero su mentón alzado y sus mandíbulas apretadas señalaban que no estaba vencido aún, y sentado en su butaca, mirando hacia la puerta abierta, esperaba.

Bernarda regresó acompañada por Benjamín y un policía grande, rubio, de pies enormes. Algunos vecinos curiosos penetraron el apartamento pequeño siguiendo el rastro cautivante del escándalo. Todos hablaban a la vez, algunos en inglés, otros en español. Bernarda acusaba el intento de homicidio en español, Félix se defendía en inglés y un traductor vecino metía la cuchara de vez en cuando en ambos idiomas. Benjamín, quien nunca se destacó por sus dotes heroicas, permanecía poco esforzado, su figura regordeta y fofa posada bajo el dintel en actitud de fuga. En medio de la reyerta, una voz fanfarrona acalló las demás voces. Raudamente cayó en medio de la sala un hombrecito de ojos chispeantes blandiendo una navaja de seis pulgadas en defensa del honor maternal. Con movimiento acelerado y certero, el policía de pies grandes agarró la mano encuchillada y con un movimiento de la muñeca desarmó al impertérrito Che cuyas ilusiones de gallardo defensor maternal quedaron bruscamente constringidas por el guardia zapatón irlandés, quien seguramente no debía tener madre.

La algarabía se acrecentó mientras el policía los condujo a todos al cuartel. La niña, quien buscó refugio detrás de la butaca, pudo escuchar la voz de la abuela por encima de las demás.

—La culpa de todo ésto lo tiene el diablo de muchacha bocona. Deja que la coja que le voy a dar un escarmiento.

Capítulo VII

Arrodillada tras la butaca Blanca suplicaba al Dios que ella había oído decir era misericordioso que la matara allí mismo con un rayo para estallar como rompecabezas lanzando sus pedazos desparramados por todas partes. Entonces no sería nada porque nunca podría recomponerse. Y la nada no siente. Sollozaba, encorvada en el suelo como feto, desesperada por morir porque la muerte sería un refugio indoloro.

Aún le dolían los golpes sufridos la última vez cuando en represalia iracunda por un platillo roto, la abuela tomó la escoba y agitando el brazo envalentonado por el palo, estrelló los golpes contra la carne encogida una y otra vez como péndulo al revés enloquecido. La carne gritó de dolor y los oídos que Blanca tapaba infructuosamente se hirieron con los insultos lanzados.

—Coge, demonio, perra. No sirves ni para llevar los gatos a mear. Mueble inútil. Coge palos para que aprendas a tener más cuidado. Canto de perra asquerosa. Salte de mi vista que no te aguanto. Y no llores porque entonces sí que te doy una buena zafra de palos para que llores con ganas.

La niña se escabulló encorvada y en un rincón gimió con los labios comprimidos como costura para no emitir sonido alguno que excandeciera a la abuela. Adolorida por la paliza, sentía los moretones emerger ardorosos, latiendo como un corazón. Parecía una perra sata, seca, lamiendo sus heridas en el rincón polvoriento.

Despertándose en ella el terror a las palizas despiadadas, Blanca ahora rezaba detrás de la butaca. Pero como amar a Dios es amar sin ser amado, no hubo respuesta a la suplicante desesperada. No murió, no le brotaron alas para escabullirse de la escualidez de sus días sin caricias, sólo quedó la larga espera al regreso de Bernarda, sin marido, y con un blanco ideal para su ira monstruosa y aplastante.

Esa noche un vecino preocupado llevó a Blanca a la sala de emergencias, su tímpano reventado, sus costillas magulladas, una contusión en la cabeza y moretones en todo el torso. Las autoridades, padres de la sociedad descalabrada, tomando las riendas en el asunto, se hicieron cargo de la niña, quien al salir del hospital fue depositada en casa de una familia aprobada y licenciada por la ciudad para cuidar de niños en períodos de crisis. Por este acto de caridad recibían recompensa con fondos federales y estatales.

Bernarda huyó a Puerto Rico no sin antes visitar las autoridades del bienestar público para denunciar a su hija, quien al recibir ayuda económica de Félix no debía disfrutar de la asistencia estatal, sino sufrir las penurias de su condición, teniendo seis hijos que mantener sola porque su marido Regino se divorció de ella doblegado por los cuernos y apareció un día muerto a puñaladas después de haber sorprendido a un ladrón en su apartamento.

Ya convencida de la traición, Bernarda acosó a Carmela sin piedad. Guardaba como tesoro un puñado de pelo arrancado en una zaragata desatada cuando se encontraron en la calle un día. La hija se defendió y Bernarda llevó ya para siempre el rencor de los arañazos que en su cara le infligió la hija sacándole la sangre. Pocos días antes de volar hacia Puerto Rico donde recobraba las fuerzas para regresar pataleando, Bernarda se encontraba en la estación de tren subterráneo de camino al mercado. Frente a ella, casi a la orilla de la plataforma, había una mujer de espaldas, bajita, de pelo largo. El corazón le dio un vuelco. Era la puta, estaba segura. Aunque lleva abrigo nuevo, el peinado es el mismo, pensó. El corazón le revoloteaba ya desencajado con una vehemencia casi alegre. Bernarda se acercó a la mujer sigilosamente. Ahora las pagaría juntas y qué juez la condenaría cuando supiera la dimensión de su sufrimiento, las proporciones de la traición. Ya estaba muy cerca de la mujer, casi la podía oler al mirar el brillo de las hebillas que sujetaban su melena negra.

La mujer presintió el acercamiento nervioso de una presencia hostil. La confrontó asustada. Bernarda, al ver la cara de la mujer desconocida y percibir el horror del homicidio que casi comete contra una inocente, perdió las fuerzas para sostenerse en pie, agarrándose de su víctima incauta mientras se apresaba el pecho. Al día siguiente partió hacia Puerto Rico.

Lejos del barullo de gritos y golpes, de mentiras y traiciones, Blanca recogió sus pedazos en un apartamento amplio y claro donde escuchaba los Platters en un fonógrafo, veía los muñequitos en el televisor todas las tardes y jugaba a las mamás con las niñas de la familia postiza a la que fue encomendada. Sus magullos se apagaron cuando airosa reía y parloteaba segura de que alguien la escucharía. Ya no se escondía de los extraños y gozosa acompañaba a Elba al mercado ayudándola a escoger los condimentos aromáticos necesarios para la confección de las salsas deliciosas que ella desparramaba sobre sus asados. Llegaban al apartamento cargando los olores del culantro, los ajos y los ajíes. Aunque le hacía llorar, Blanca disfrutaba de pelarle las cebollas cuando se metía a la cocina a ayudarle con la cena. A veces Elba le permitía remenear un asopao con un cucharón grande de madera o molerle las especies en el mortero de madera tallada.

Cuando no estaba metida en la cocina, Blanca leía libros y revistas. Como era verano y no había que asistir a la escuela, se pasaba las tardes en el parque con las niñas y sus amigos aprendiendo a correr patines y remontándose a los cielos en los columpios alados. Hasta al salón de belleza la llevó Elba un día para recortarse el pelo largo que le daba tanto calor en los jugueteos bajo el sol. Entre retozos y juegos alborotados pasó el verano. Un día en que las ráfagas cargaban avisos fríos, tocó a la puerta la trabajadora social. Elba le tenía la maleta preparada y todos lloraron al despedirse. Menos el esposo de Elba quien salió para el trabajo temprano esa mañana. La mano mohína de Blanca desapareció en la de la trabajadora social y ambas quedaron en el pasillo solitario. Blanca presentía el camino hacia un precipicio sordo, una callejuela sin salida.

Callada entró a su nuevo hogar. Su padre cohabitaba con una concubina nueva y la mujer, quien todos comentaban había sido mujer de la vida, le pidió al padre que le trajera la nena para apagar su sed maternal. Benjamín, para apaciguar su conciencia que de vez en cuando clamaba y complacer a su concubina, quien clamaba de continuo, accedió de mala gana. Goyita, su nuevo guardián, le preparó un dormitorio pequeño en el apartamento para Blanca y encima de un gavetero alto, erigió un altar con cuadros de santos y vírgenes, velas de diferentes colores y alturas y un vaso de agua bendita que los protegería a todos de los malos espíritus.

Goyita mimaba a la niña y permisiva en su nuevo rol le permitía salir el Día de las Brujas disfrazada de gitana. Blanca jugaba embelesada con sus perfumes y cosméticos multicolores y con una muñeca rubia que Goyita le trajo un día aunque no era su cumpleaños. Todos los sábados, mientras Benjamín tomaba cerveza con sus amigos en el bar de la esquina, Goyita y Blanca rondaban las tiendas por departamentos. En estas salidas sabatinas Goyita plantaba a la pequeña centinela en un lugar estratégico mientras ella atapuzaba su bolso con las chucherías que le cupiesen. Blanca temblaba al velar al guardia de seguridad, su corazón latiendo desde los pies hasta el cuello.

Goyita insistió en que Blanca tomara clases de catecismo e hiciera la primera comunión. La niña nunca había recibido adiestramiento formal en los misterios del catolicismo. Su creencia en Dios brotaba de una absorción involuntaria de los comentarios que fluían sin rumbo a su alrededor sobre la existencia de ese ser superdotado, los santos, ángeles y vírgenes que lo rodeaban sicofantes y, claro está, el temor del demonio, ser maléfico que tentaba continuamente a los seres humanos y era el causante de todos los males del universo. Su teogonía la salpicaban los cuentos maniqueos de sus familiares sobre espíritus buenos y malignos, las maldiciones de su tío Che quien se defecaba en Dios todo el tiempo, y los trabajos espiritistas.

Su abuela la llevaba a menudo a sesiones donde una médium de ojos vibrantes, casi magnéticos, giraba sus manos en círculos concéntricos sobre un vaso de agua que chispeaba en la penumbra de las velas encendidas en las cuatro esquinas de la mesa. Los que participaban de la ceremonia sentados a su alrededor balbuceaban palabras irreconocibles para Blanca, quien los miraba con los ojos redondos. En la oscuridad de la habitación sólo se veían los rostros macabros oscurecidos, con los ojos cerrados, todos suplicando con ahínco la realización de algo que Blanca estaba segura sería terrible. De pronto, la voz de la médium que había flotado sobre las demás voces se tornaba chillona y gruesa a la vez como embarradura de automóvil. Como terremoto que ruge y retumba antes de la sacudida, la mujer gritaba mientras la cabeza le ladea de hombro a espalda a pecho. Las sacudidas de la cabeza se hacen más violentas, la mujer grita y casi se le ve la campanilla retumbándole como badajo. Los ojos son blancos, desorbitados, con un matiz de enajenamiento. La lengua, pesada, habla esta vez con voz barítona cuyo timbre tiene el efecto de uña raspando un cristal. Redobla la garganta desgañitada, tiembla la mesa toda, el vaso de agua simula un maremoto en miniatura. Las llamas vacilan, aletean, se contorsionan en agonía sobre las velas alargadas. Las sombras se oscurecen en la penumbra. El espíritu habla.

Blanca aprieta los ojos cerrados para impedir el asalto. Le llega la voz del espíritu apretándole el pecho contra la espalda. Siente un terrón en la garganta seca que le impide tragar. Aprieta los ojos cortando el diluvio brotando en borbotones salados. Terror puro, terror ciego, terror sin nombre. Otra voz se desgañita a su lado. El espíritu se acerca. O quizás sea otro espíritu que se rebela por su condena en el purgatorio. Es la hora de su ruina, su perdición, es el juicio final en que todas las voces se enloquecen torturadas por destinos incumplidos, vidas malogradas, muertes violentas. Blanca sabe que caerá muerta, su espíritu arrebatado por los fantasmas dementes, vesánicos.

Hace tanto tiempo que no respira y se chupa una bocanada brusca del aire envilecido por la atmósfera perturbada. Siente un hálito rozarle el ruedo del vestido mientras un silencio exhausto acalla las voces, apaga el rumor de los sentidos. La médium jadea sentada en su torno como muñeca de trapo, su energía ajada como senos prostitutos. Alguien encendió las luces. Las mujeres desfilaron como albañiles cansados insertando monedas en una vasija de cristal transparente. Blanca salía al aire fresco con las rodillas glutinosas que apenas la sostenían. Había escapado, pensaba aliviada.

Por la noche no dormía. Veía fantasmas en cada sombra, escuchaba las risas macabras que el viento restrellaba contra el ventanal. Una noche sintió la vejiga henchida más no tuvo la osadía de traspasar el pasillo oscuro hasta el inodoro. De madrugada quedó dormida, soñando con risas locas y escupideras negras donde depositó un líquido cálido, melado.

En la mañana el olor acre a orines levantó las sospechas de Bernarda quien desenterró la mancha redonda cuidadosamente ocultada por Blanca. Al llegar de la escuela, la esperaba con la cara roja, los ojos blanquinos detrás de los espejuelos, la mueca de repugnancia, de aversión, transformándole la cara en una expresión torva espantosa.

La ira de la abuela se desbordó una vez más sobre las carnes macilentas de la niña. Escogió una correa de cuero con hebilla gruesa de metal dorado, decorada con una F grande. Obligó a Blanca a desnudarse, le amarró los brazos detrás de la espalda con una soga y con brío intenso, casi alegre, azotó su espalda con la F pesada.

—Coge por puerca, canto de perra. Te debía poner un tapón en la cosa. Coge, huele el meao a ver si te gusta.

Agarrándola por el pelo le restregó la cara en la sábana orinada. Cayeron más golpes, en los hombros, la cabeza, la espalda hasta que la F brillante se marcó en moretones y brotes de sangre. Había un silencio espeso en el aire y sólo se oía el sonido sordo de los golpes lacerando carne y los jadeos de la abuela. Cuando se cansó de su presa, la tomó por el pelo halándola hasta el piso y lanzándola a un rincón, jadeó. Empuñando un mechón arrancado como trofeo, le dio una patada ya cansada y se fue a la cocina lanzando amenazas:

—La próxima vez que te orines en la cama, ya verás cómo te voy a arreglar. Voy a buscar un tapón y te voy a tapar la pájara. Ya verás, canto de perra asquerosa.

La liturgia eclesiástica le producía vértigo y náusea. En la Iglesia Sagrada Sangre de Jesús, Blanca sentía un malestar corporal hueco, un malestar que saltaba desde el estómago hasta los huesos y le culebreaba en la cabeza. La monja conductora del catecismo las guiaba con su cara de oveja que huele el macelo asegurándose de que cumplían con los requisitos del rito, arrodillándose para el mea culpa dándose golpecitos en el pecho con semblante penitente. Las niñas al no sentir el pesar de sus pecados, formaban riserías detrás de sus rezos cada vez que la hermana chasqueaba la lengua cuando arrevesaban el credo porque no lo habían memorizado bien.

Mareada en sus rodillas Blanca sintió hambre y reclinó la cabeza sobre los brazos cruzados. A la monja le fulguró una sonrisita de satisfacción. Se rascó la frente metiendo el dedo índice debajo de la cofia negra. Anoche soñó que comía pelo de gato. Sintió una pelota en el estómago y su sonrisa desapareció tras el recuerdo en sombras.—Levanta la cabeza— le ordenó a la Blanca hambrienta, ya verde del sacrificio.

Hicieron una fila frente al confesor de turno. Aunque era sólo voz y sólo sombra Blanca nunca lo confundió con Dios. Parada detrás de sus compañeros Blanca era la última. Bajo el ojo supervisor de la monja, miraba las estatuas y los relieves de la iglesia. Era tanta la sangre chorreando de latigazos, de espinas, de puñaladas, de clavos que Blanca cerró los ojos bajo su cabeza caída. Desde la oscuridad cavernosa de la iglesia, pensó en el sábado tan soleado que había afuera oliendo a otoño.

Blanca se confesó inventando pecados que pensaba apropiados para una niña de su edad, preguntándose por qué no obligaban a muchos adultos a confesar lo que ella estaba segura no tendrían que inventar.

—Perdóneme, Padre, porque he pecado. Esta es mi primera confesión. (No he tenido tiempo ni inclinación ni la libertad de cometer muchos pecados, pero ahí va.) Desobedecí a mi padre una vez (me pidió cerveza mientras veía la lucha libre en televisión y Goyita, quien ya estaba en la cocina, dijo que ella se la buscaría). Dije una mala palabra una vez (mis compañeros de escuela cuchicheaban sobre una muchacha ultrajada y yo pregunté tan sonsa ¿qué es ultraje? pregunta que causó muchísima hilaridad. Joe, el cabecilla del grupo, me tomó bajo sus alas para explicarme las cosas de la vida. Pero yo no le creí ni por un momento. ¿Por quién me toma, por boba? De todas maneras, después de lo que me dijo Joe me convencí de que ultraje ciertamente debe ser una palabra sumamente ofensiva). He dicho dos mentiras (las que le acabo de decir a usted). Oh Dios mío, con todo mi corazón me arrepiento de haber pecado.

La letanía continuó y al final pagó por sus pecados, que sólo eran veniales, con dos padrenuestros y dos avemarías arrodillada ante las miradas ciegas de Jesús y sus secuaces.

El día de su primera comunión fue tomado de un hermoso cuento de hadas. En su vestido albo, con misal, rosario y velo, Blanca parecía una noviecita incipiente, presta a hacer sus votos perpetuos.

La hostia se le encoló en el paladar y dificultosamente intentó permanecer recogida en sus rezos mientras despegaba al Jesús muerto con la punta de la lengua. Nunca le pareció lógico que Jesús escogiera adentrarse al alma de sus siervos a través del sistema digestivo. ¿Por qué no lo hacía en gotitas de agua bendita escurridas en los ojos o un aceite aromático untado en la frente como la ceniza? Pero si los curas lo mandan con sus rostros descoloridos por la falta de sol, ataviados regiamente en púrpuras y oros, quién era ella para cuestionar este rito. Goyita sonreía orgullosa. Le había hurtado un bolso tan mono en Alexanders, además de obligar al padre a comprarle toda la indumentaria de rigor para esta ocasión solemne. Blanca caminó por las calles sucias del Sur del Bronx altiva, oronda, como una reina de postura erecta paseándose por sus jar-

dines. Ni siquiera se atemorizó al pasar por el sótano en donde amaiti-
naba el viejo flaco que ofrecía dulces a las niñas cuando caminaban desde
la escuela y las invitaba a jugar con él, con su cara de cuervo.

Blanca fue feliz ese día, más fue reciamente castigada por cada segundo de regocijo. Como el placer experimentado tenía un precio
exorbitante, sufrió las consecuencias de su apacibilidad feliz, su libertad,
su falta de asfixia, su alegría durante la estadía con Goyita. Tuvo que
pagar por la emancipación de las garras de su abuela, por sentirse niña
despreocupada, por permitir que sus alas arrancadas crecieran, por cica-
trizar las amputaciones psíquicas. Con la ausencia de la abuela se había
liberado del odio que comenzó a nacer en su ser y que permanecía helado como embrión en laboratorio médico negándosele el crecimiento
normal. Se había liberado del sentimiento de culpabilidad nacido de ese
odio y que se desparramaba sobre todas sus experiencias. Como la libertad tiene un precio desaforado, Blanca pagó por los días sin palizas, los
días de sol patinando sobre las aceras, las noches en que leía sus historietas acurrucada en su cama hasta que el sueño la elevaba a una oscuridad
tranquila. Blanca pagó, pagó hondo, pagó recio, pagó con creces, los intereses de su deuda acumuláronse desbocados porque, en un acto de hibris
imperdonable, se atrevió a ser feliz.

Comenzó a pagar su deuda el día en que llegó de la escuela y no
encontró a Goyita en el apartamento. Esperó sentada en las escaleras del
edificio por el regreso de su padre y juntos entraron al apartamento.
Goyita no estaba. Se llevó su ropa, sus prendas, sus cosméticos, sus perfumes. Se llevó el radio donde solía escuchar música del oeste
norteamericano mientras cocinaba o limpiaba. Admiraba las cantantes
que modulaban sus voces en un falsete rápido, como tarareo sincopado.
También se llevó su altar de santos. Benjamín, callado, buscó en las gave-
tas y los gabinetes muestras del abandono sorpresivo. Maldijo entre
dientes a la mujer y a todas las mujeres y salió como trueno dando un
portazo. Blanca quedó lloriqueando preguntándose cosas que no tenían
respuesta. Sola y encerrada en el apartamento, se miraba los pies que colgaban de la butaca. Como ovillo buscó aliento en la tibieza mullida y
escuchó los ladridos de un perro que en la lejanía clamaba.

Benjamín llegó de madrugada, apestoso a ron, con los ojos hincha-
dos y enrojecidos, la barba salpicando puntos. Blanca preguntó. Preguntó
por Goyita, preguntó por su paradero, preguntó por ella y por él. Un

cállate le atropelló los oídos y ya no preguntó más. El padre fue al dormitorio y lloró de esa manera tan rara que tienen los hombres de llorar. Lloran mientras tratan de contener el llanto. Lloran pero sus sollozos suenan roncos como golpe de higuera, como si sus lágrimas no pudiesen suavizar la congoja. Benjamín lloró con sacudidas y bramidos de elefante herido. Blanca en su ovillo presintió algo terrible y también lloró.

La muerte llegaría fácilmente. Sólo había que dejar de respirar. Pero por más que intentaba detener sus boqueadas, los pulmones rebeldes se inflaban y expulsaban un soplo de aire que retornaba ansioso por las fosas nasales y la boca abierta.

Desde la muerte de su madre, Blanca sólo había tenido un confrontamiento con la muerte. Un domingo en la mañana en que acompañaba a Félix y Bernarda a la estación de trenes de camino a la playa de Orchard vieron un conglomerado de gentes en la 139 rodeando un gran muñeco de trapo tirado en la acera. Blanca se escurrió entre los espectadores y vio ante ella un joven deshuesado, los sesos desparramados en el pavimento, los ojos abiertos, charcos púrpuras. La gente comentaba que el joven era un desgraciado del barrio quien luego de libar todo brebaje pecaminoso engullendo sus sedimentos en un ataque vitalicio de adipsia desesperada, roto su espíritu en mil pedazos como tazón restallado, brincó desde el techo del edificio de seis pisos, buscando la sensación última. Al dar el salto irrevocable, en aparente arrepentimiento, lo vieron agarrarse de una escala de incendios con una mano que sólo pudo sostenerlo durante varios segundos. Sus gritos de horror desesperado fueron cercenados por el pavimento duro que recogió la hecatombe renuente con sorna.

Ahora Blanca también intentaba morir. Ya sin Goyita Benjamín la depositó como fardo en casa de un compañero de trabajo. Rafael, con su mujer y seis hijos, vivía en un sótano escuálido y requería dinero adicional para sus vicios que consistían en la cerveza los viernes por la tarde, la bolita y la quiniela diarias. Benjamín le ofreció una mesada por el cuidado de Blanca y apaciguó su conciencia ante un nuevo abandono.

Mientras vivió con Rafael, su mujer y seis hijos, Blanca no supo de su padre. Correteaba por las calles del barrio con los zapatos rotos y la ropa en hilachas, visitando a sus amigas a la hora de la comida en la esperanza de que la invitaran a cenar porque en esos días siempre andaba hambrienta. Para protegerse del frío que penetraba su abrigo ligero fácilmente y cuyos botones se habían perdido hacía mucho tiempo, se ponía camadas de ropa sucia. Como debía compartir sus pertenencias con las dos niñas de Rafael, tenía un vestuario de uso exclusivo que acumulaba sobre su cuerpo como telas de cebolla. Tenía tres calzoncitos curtidos, dos camisetas que una vez fueron blancas, un vestido azul de algodón que con el uso cobró un matiz grisáceo, una falda de lana con listados anaranjados y amarillos y una blusita azul marino, la que se ceñía al frente con dos botones anacarados y un imperdible y que a veces portaba en los hombros uno de los numerosos piojos que le caía de la cabeza. También vestía varios pares de medias de color indefinible que se empapaban cuando llovía o nevaba porque sus únicos zapatos parecían coladores de tantos los huecos.

La noche en que trataba de morir por volición pura, Rafael llegó al apartamento del sótano a deshora. Su mujer salió con las hijas y los muchachos andaban en la calle vecina jugando pelota. El hombre flaco, casi enjuto con los ojos a medio cerrar, tambaleó al entrar. Blanca lo miró asustada, su libro abierto en la mesa de la cocina. Rafael atravesó la cocina y entró al dormitorio. Desde allí la llamó.

—Nena, ven acá— su voz pastosa embarrunó los aires.

—¿Para qué?

—Te voy a enseñar una cosa bonita.

Blanca sospechó que nada bonito podía provenir de esa solicitud, pero sus años de avasallamiento por los adultos la adoctrinaron a la obediencia absoluta. El corazón le dio golpes contra el pecho como puerta batiéndose en el viento. Entró al cuarto en sombras. Rafael estaba sentado en la orilla de la cama.

—Ven acá.

Blanca titubeó.

—Acaba que no tengo todo el día.

La niña se acercó callada, huraña, la cabeza baja, mirando al hombre de soslayo. El hombre le cogió las manos.

—¿Qué pasa, me tienes miedo? Vamos que lo que quiero es jugar contigo.

Rafael le soltó las manos y desde el tajo sesgado de su cremallera abierta, sacó el pico gordo de un cóndor. La niña se tapó la cara y tras sus manos cerró los ojos herméticamente para borrar la visión espantadora. Él le agarró las manos tiesas y las posó sobre el cóndor, tan crecido que parecía listo a atragantarse las manos y dejarla amputada. La peste a ron y sudor le llegaba al estómago nauseado.

—No, no quiero— sollozó—. No, no, no— sacudía la cabeza violentamente, los ojos herméticos cancelando horrores.

—Cógeme, condená muchacha, cógeme, agárrame, fuerte, coño, y no me sueltes porque te mato— Una bofetada le quemó la cabeza.

Blanca lloraba, sus ojos condenados a visiones de sangre chorreándole desde los muñones. Sintió las uñas del hombre enterrándose en sus hombros mientras aullaba y se sacudía. Un borbotón de líquido maloliente le manchó las manos y la niña aterrorizada buscó con los ojos sus manos caídas en el suelo nadando en sangre.

Rafael también abrió los ojos y con una sonrisa negra dijo:

—Tú eres mi novia ahora. Vamos a jugar mucho tú y yo solitos.

La mirada se hizo torva y con voz de hielo advirtió:

—No le digas a nadie que tú y yo jugamos porque te cojo por el pescuezo y te mato. Mira, aquí tengo una cuchilla. ¿Tú sabes pa' quién es esta cuchilla?

Blanca no respondió, sólo miró el arma resplandeciente con ojos espantados.

—Esta cuchilla es pa' ti, Blanquita, pa' enterrártela en el corazón si le vas con el cuento a alguien. Ya sabes, es un secreto tuyo y mío.

El hombre se acostó agotado.

—Ahora lárgate.

Blanca corrió a través de los muchachos que jugaban pelota, corrió entre las señoras que regresaban del mercado, corrió como desalmada al parque. Agarró un columpio y se remontó al cielo, sintiendo el aire frío azotándole la cara. Ya no lloraba, sino que concentrada en el vaivén del columpio intentaba impulsarse cada vez más alto hasta que el corazón se le ahogó en el estómago.

Miriam, la hija mayor de Rafael, despertó a sus compañeras de cama.

—Rebeca, Blanca, levántense que es tarde. Oye, Blanca, que hinchao tú tienes los ojos. ¿Qué te pasó?

—No me pasó nada—

Blanca se puso el abrigo en andrajos sobre la vestimenta con la cual había dormido, tomó los libros que estaban sobre el radiador y corrió hacia la escuela.

Se apresuró al comedor para asegurarse de que no perdería el desayuno. Parada en la fila, observaba lánguidamente a los muchachos jugando de manos y las muchachas mirándolos, cuchicheando con sus risitas bobas.

Puso el cereal frío y la leche reconstruida en su bandeja y se acercó a las mesas largas del comedor escolar.

—Oye Blanca, vente aquí— le gritó Susana mientras aleteaba los brazos.

Blanca se sentó en la banqueta larga al lado de su amiga.

—Carmen trajo una cuica bien nice. Y vamos a brincar después del almuerzo. Oye no te le pegues mucho a Socorro que me dijo Jenny que tiene piojos.

Blanca miró a su amiga de reojo despreocupada porque le cayeran unos piojos más en la cabeza. Comió despacio para apaciguar el malestar del estómago.

—Oye ¿tú estás muda hoy? ¿Qué te pasa?

—No me pasa nada. Creo que estoy enferma.

Blanca se encorvó mohína sobre su tazón de cereal sin atreverse a mirar a su amiga. Pensó que de mirarla su secreto se desbordaría lapachando sobre la mesa y el piso como pescado moribundo.

—Pues mira, si vas a la enfermera a lo mejor te manda a la casa y no tienes que quedarte en la escuela.

Blanca se azoró ante esa posibilidad.

—No, no es para tanto. Ya me siento mejor porque comí.

—Allá tú— Susana se encogió de hombros. —Ya sonó la campana, avanza que llegamos tarde.

Blanca tiró el resto de su cereal a un zafacón enorme de latón ruidoso y subió a su clase. No se quitó el abrigo. Cuando la señora Wasserman inquirió la razón, le respondió que tenía mucho frío, a pesar de la calefacción del aula. Abrió su libro de lectura a fuerza de hábito, pero las letras y palabras le eran incomprensibles. Su cuaderno de trabajo, con preguntas de comprensión, permaneció en blanco y ni siquiera pudo sonreír cuando Heriberto, el payaso de la clase, hizo una voltereta frente a la pizarra por lo cual fue castigado a pararse, con la cara hacia la pared, en un rincón trasero.

La señora Wasserman esperó dos semanas en que la niña se negó a quitarse el abrigo. No respondía a su preguntas. Perdió la sonrisa.

—¿Qué te ocurre, Blanca? Tú no estás cumpliendo con tus deberes y vas a bajar todas las calificaciones si continúas así. ¿Por qué no estás trabajando como antes, haciendo tus tareas, participando en la clase? ¿Por qué no tomas libros prestados de la biblioteca como solías hacer?

Blanca alzó los hombros mientras los pliegues de la boca descendían hacia su barbilla. Incómoda ante las indagaciones, se bamboleaba de pie en pie, sus zapatos raspando el piso de madera.

—Bueno, si quieres hablar conmigo sobre cualquier cosa, me dejas saber. Pero espero que empieces a trabajar como antes.

Los intentos de austeridad cayeron ahogados en la compasión que sintió por su alumna más destacada que ahora se mostraba como flor moribunda.

Capítulo VIII

Blanca asistía a una escuela elemental situada en la Calle 138 frente al Teatro Puerto Rico. Una estructura de ladrillos de principios de siglo, parecía un falansterio con sus cientos de estudiantes, maestros y empleados subiendo y bajando por las escaleras estrechas, cargando sus dramas personales como fardos. La escuela pública número 9 de Nueva York, no mantenía ilusiones pigmaliónicas. Sus habitantes, en su mayoría puertorriqueños y negros, irlandeses e italianos que aún no habían escapado del ghetto, no ocuparían los asientos perfumados de hiedra en universidades lejanas, no marcarían la historia con sus hazañas egregias. Los maestros se satisfacían exitosos si las niñas no caían embarazadas a los doce años, si los niños permanecían fuera de los reformatorios y el éxito mayor lo constituía el encaminar a sus cervatillos hacia una vocación que los mantuviera libres del bienestar público, carga de la sociedad responsable, como la mecánica y la costura.

Los maestros y el director se mantenían a la periferia del círculo opresor de pobreza en que vivían los niños. No entendían ni deseaban entender, a estos niños que si hablaban inglés, lo hablaban tan atrozmente que les paraban los pelos de punta y estas niñas, cuyas orejas eran salvajemente horadadas como en tribus africanas, para enterrar en ellas amuletos supersticiosos. Eran niños ultraterrestres, casi inhumanos. Estos niños que puntaban sus conversaciones rústicas, incultas, con muletillas repugnantes, que se ausentaban de la escuela para cuidar a sus hermanitos o traducir para un familiar enfermo en el hospital, estos niños que tramposos, se copiaban unos de otros, y comían comidas extrañas como cerdos grasosos y arroces colorados, estos niños que sólo permanecerían en las aulas hasta la edad compulsoria, eran signos de interrogación. Si estos niños sufrían hambre, padecían abusos, necesitaban apoyo para realizar su potencial, sus gritos de auxilio caían sobre piedras insensibles. Porque los maestros estaban en la escuela pública número 9 no por volición propia, sino por inexperiencia o porque sus habilidades pedagógicas limitadas no les permitían desplazarse en un distrito escolar más deseable.

Pero como en todo desierto hay un oasis, la maestra de segundo grado convirtió a Blanca en su preferida y un día cuando Blanca lloraba con un dolor de muelas, la señorita Kalfus le besó la mejilla inflamada, con tanta ternura que Blanca olvidó su dolor ante el placer tan grande de ser acariciada. En el quinto grado la señora Wasserman mantenía una colección de libros, la única biblioteca vista por Blanca jamás, y confiaba tanto en sus niños que les prestaba los libros para que los llevaran a las casas y los leyeran. Blanca se bebió todos los libros de la colección. Eran libros preciosos, de princesas que dormían bajo doseles floridos, de una niña que amaba su caballo negro y galopaba gloriosa por las playas de un lugar llamado Nueva Inglaterra, de casas blancas y con dos pisos habitadas por gente contenta y perros y gatos y canarios y muñecas. Durante ese año, Blanca leyó los cuentos una y otra vez hasta grabarlos en su memoria.

Convirtió esos cuentos en sueños. Los convirtió en mundos posibles. Los absorbió como los rayos del sol en un día nublado que entibian y tiñen con sus pinceles dorados. Porque Blanca era una manipuladora de símbolos, tomó los únicos símbolos a su disposición y los soñó posibles. Los escondió en un rincón callado de su cerebro y desde allí le ofrecieron lumbre, teas que un día rugirían en protesta y se apoderarían de su destino. Blanca leyó con sed desesperada. Si no conseguía libros, leía las etiquetas en los frascos de aceitunas, en las latas de salsa de tomate. Leía los rótulos en las calles, las portadas de revistas y periódicos en el puesto de la esquina y cuando tenía un centavo, compraba las historietas usadas que vendía el viejito en la tienda de golosinas.

Fue para esta época que desapareció Goyita.

—¿Por qué estás cojeando, Blanca?

La señora Wasserman se le acercó frunciendo el ceño en señal de preocupación, mientras los demás niños salían en fila hacia el comedor a la hora del almuerzo.

—Se me rompió el zapato y los clavos me hincan el pie.

—¿Tú estás viviendo con tu papá y tu madrastra todavía?

—No.

—¿Con quién vives ahora?

—Con una gente que mi papá conoce.

—Ya me lo imaginé. Tu madrastra siempre te mandaba a la escuela con la ropa limpia y planchadita.

Blanca no respondió a la observación y quizá porque no había el tiempo o porque no quería indagar en la situación que imaginaba dolorosa, presintiendo que había muy poco que ella podía hacer, la maestra la mandó al comedor. Al día siguiente, a la hora de salida, le pidió a Blanca que se quedara unos minutos porque quería hablar con ella. Blanca la observó mientras cuidadosamente sacó de un armario una caja de cartón grande, la puso sobre su escritorio, la abrió y desde su oscuridad sacó un par de zapatos de charol negro con hebillas a los lados, medias blanquísimas, un abrigo azul marino largo y pesado y tres vestidos hermosos, uno de lana y los otros de cordoncillo. Desde el fondo de la caja, casi con timidez, la maestra extrajo un sostén blanco, de algodón sencillo, con una etiqueta que leía 28AA. Le dijo a medio sonreír:

—Ya es hora que uses uno de éstos porque estás creciendo mucho.

¿Cuándo empieza la vida verdaderamente? Al nacer el asombro, al descubrir que el mentir no fulmina, al oler el sudor ajeno y sentirlo distinto, al escuchar el destino marchar con sus botas de cuero reverberantes, cuando la ira calcina el orgullo, cuando se sufre una bofetada, al desplegar la sonrisa cínica ante una mentira, al descubrir que los dioses se burlan, o cuando estalla el silencio perfecto?

La vida de Blanca comenzó una noche en que acostada en su catre sus ojos verdes se iluminaban por escenas imaginarias. Fantaseaba Blanca, la niña adolorida, sus carnes magulladas por la paliza reciente, fantaseaba y en su soñar despierto, entre la oscuridad del apartamento, Blanca era una amazona cabalgando en un corcel pardo o una princesa durmiendo entre velos de tul. En su fantasear Blanca era bailarina de ballet, actriz cinematográfica, cantante de cabaret, campeona de equitación, escultora moderna, o una maestra cuyos discípulos la admiraban embelesados ante su belleza y sabiduría. Desde que descubrió la fantasía, fueron muchas las veces que en el día o en la noche Blanca se remontaba en su columpio albo a un mundo privado, íntimo, cálido, seguro, porque allí, sólo allí había silencio. Un mundo sin abuelas, ni padres, ni padres postizos, ni palizas, ni abandonos. En las noches en que despertaba aterrorizada por los monstruos nocturnos, el imaginarse en parajes verdes y claros la empujaba nuevamente al sueño dulce.

El sótano estaba callado cuando Blanca llegó cargando su caja de cartón atesorada. Estaba acostumbrada al silencio de Genara, la mujer de Rafael, quien apenas le hablaba porque Blanca era una carga adicional, otra boca que mantener, otra molestia. Si ya ella tenía seis muchachos, para qué echarse encima otro más. Pero Rafael insistió en recoger a esa huérfana que regaba la mesa con sus porquerías de papeles y libros.

—Mira, mujer, el pay me da buen dinero y nosotros no gastamos nada con ella, si casi no le damos comida. En la escuela le dan desayuno y almuerzo y si le damos unos bocaditos por la tarde, ya está. Si le pido más dinero al pay pa' ropa, él me lo da y es más dinero pa'l bolsillo porque lo que es ése ni me pregunta por la muchacha y ya tú sabes que ni la viene a ver. Así es que en este negocito, yo salgo ganando. No te quejes más, carajo, que me tienes cansao—enfatizó con su voz de caudillo.

Blanca presentía el disgusto de Genara, su desagrado hacia ella y sólo le hablaba lo necesario, que era poco. Trataba de mantenerse alejada de ella lo más posible. A Rafael le tenía tanto terror que al verlo permanecía congelada como mofeta campestre al ver un camión acercarse raudo. Pasaba el tiempo fuera de la escuela como gata pindonguera, en casa de sus amiguitas, rondando las calles en busca de alguna actividad, en el parque del barrio con sus columpios y chorreras y bandas de adolescentes que se escondían tras la caseta del guardián ausente a fumar, beber e inyectarse la heroína. Regresaba al apartamento del sótano cuando tenía que terminar sus tareas escolares o cuando ya debía acostarse a dormir. En ocasiones, Miriam y Rebeca jugaban con ella, pero a Genara no le agradaba que pasaran mucho tiempo con la huérfana. Los cuatro varones tenían sus propios intereses callejeros y consideraban a Blanca un mueble más en la vivienda apretujada.

Genara había visto la luz y recibido el espíritu benéfico en su alma. Pertenecía a la Iglesia Pentecostal del Séptimo Día y salía casi todas las noches a los servicios. Regresaba como a las diez exaltada por los hermanos y hermanas que hablaban en lenguas. Frecuentemente se llevaba a los hijos renuentes en la esperanza de que ellos también recibieran una promesa de salvación. Como no le interesaba encontrarse con Blanca en la ultratumba, la niña quedaba sola vagando por las calles sucias, apaciguando el hambre y el frío con el movimiento continuo, esperando sigilosa que el hombre en acecho estuviese dormido cuando ella llegara o que Genara y los niños estuviesen en el sótano apagando los chispazos de sus ojos crueles.

La niña miraba a través de una ventanita estrecha del dormitorio que sólo mostraba la falda de ladrillos sucios del edificio contiguo. Tirada en la cama como saco vacío se concentraba en las líneas rectangulares, todas desiguales, que componían la pared ya ennegrecida por los años de respirar vahos automovilísticos y polvo de todo género. Se divisaba una curva roja, el comienzo o el final, no estaba segura, de alguna letra embarrada a deshora por un rufián del barrio deseoso de preservar su inmortalidad. La letra subía y bajaba con ella, tambaleando a veces. Como hipnotizada, seguía la curva roja con ojos blancos, la cabeza destornillada de su torso hasta casi no sentir el dolor apuñalante ni los jadeos del borracho que encima le barrenaba.

Llegó a la escuela caminando despacio, como si sujetara un balón entre las rodillas. Los brazos le dolían bajo los moretones. A la maestra casi le brotan los ojos de ira. Llamó a las autoridades escolares quienes llamaron a las policíacas quienes llamaron a las médicas. El rescate fulminante desenlazó en las cortes y oficinas de servicios sociales. El padre remiso se excusó.

—Yo soy viudo, tengo que trabajar y no tenía quién la cuidara. Yo no sabía lo que estaba pasando. Lo juro por Dios.

Blanca entonces pasó a casa de Conchita, una nueva guardián inspeccionada y licenciada por la ciudad para hacerse cargo de niños en crisis, atiborrándose de antibióticos proveídos por la ciudad para combatir una infección pertinaz y vistiendo ropa proveída por la ciudad para combatir la desnudez y el frío. Blanca, cuya vida era regimentada de continuo por fiat municipal, percibió que el dios omnipotente, omnipresente y omnisapiente seguramente se albergaba en la alcaldía, sentado frente a un gran plano de la ciudad moviendo alfileres de cabecitas en colores de lado a lado y una de esas cabecitas, roja quizá porque era su color favorito, era la de Blanca. Sintió cierta tranquilidad al sentirse cuidada por este ser amorfo.

Pasó mucho tiempo antes de que se quitara su abrigo azul marino que le llegaba a las rodillas.

Capítulo IX

Despertó con un ojo cerrado por legañas pegajosas. Miró por la ventana y con su ojo abierto vio asombrada, no la escena familiar de las barras de hierro negro en las ventanas, el viejo olmo rodeado de edificios, una calle lejana desde donde los carros emanaban sonidos, sino tejados rojos medievales que se levantaban unos sobre otros en un monte. Se frotó los ojos lentamente, miró otra vez y vio campos apacibles con vacas paciendo lánguidas, desplegándose bucólicos mientras un cementerio asomaba entre los sauces. Trepidando corrió al baño común. Se lavó los ojos y al regresar al cuarto se acostó con la almohada sobre la cara.

Celia, su compañera de habitación, le sacudió un hombro.

—Están sirviendo el desayuno. Blanca, levántate antes de que vengan preguntando por ti.

Al levantarse tornó los ojos, titubeando, hacia la ventana. Aliviada, vio los ganchos alargados del viejo olmo que se tambaleaban en el viento. Se sentó junto a Celia en la mesa de comedor larga. Hoy Celia parecía un ser humano, no el zombi de ayer. Tranquilizada por las cosas que caían en su sitio, sorbió su café de agua de piringa, como le llamaban los puertorriqueños.

Ayer llevaron a Celia atada a una camilla, lasa por los sedativos, a una celda donde la azotaron con corrientes eléctricas hasta que perdió el conocimiento. Pasó el resto del día en la cama de su habitación. Por la noche, despertó desconcertada. Blanca se le acercó.

—¿Cómo estás, chica? ¿Cómo te sientes?

Celia la miró con ojos vacíos, casi muertos. A Blanca se le encogió el aliento. Celia, tan joven y bonita, con su mirada soñolienta y audaz, parecía la Olimpia de Manet. Sin embargo, ahora era un trapo pisoteado, encorvada en la cama, el busto le raspaba el estómago, sus ojos robados del vigor vital. Su marido la internó en el hospital psiquiátrico con quejas de depresión y rebeldía e inestabilidad emocional. Los psiquiatras confirmaron el diagnóstico. En el hospital, tomaron sus ojos soñolientos y audaces y con cargas eléctricas, los vaciaron.

Se casó a los dieciséis años con un hombre que le llevaba veinticinco. Tuvo una niñez difícil y tomó la salida que consideraba más fácil, buscando un padre fuerte, dominante, para sustituir a su guiñapo de progenitor alcohólico que se sentaba a llorar su mala suerte ante una botella de ron cada noche. Con un cigarrillo perpetuamente zampado en la boca, balbuceaba ininteligiblemente hasta caer dormido en el sofá.

Al casarse, Celia quedó embarazada inmediatamente con un varón llamado Noel porque nació el día de Navidad. Un año más tarde nació Marisol, quien le recordaba la isla toda mar y toda sol que había dejado atrás. Su marido Juan tenía negocio propio de reparación de enseres eléctricos y se jactaba de no necesitar una educación formal para ganarse la vida. Un hombre grande, de brazos bruñidos por el sol de sus antepasados, domaba su pelo encrespado en un corte militar desde que la marina de los Estados Unidos lo mandó a Hiroshima. Celia era su mujer y como tal le debía obediencia, respeto y el cumplimiento de sus deberes conyugales que incluían no sólo satisfacer sus necesidades elementales de ropa limpia y bien planchada, casa pulcra en donde se podría comer de los pisos, comida a tiempo y en abundancia y el desahogo de su tensión sexual, cuya turgencia ocurría menos frecuente cada año, sino que debía permanecer callada cuando él disfrutaba de sus programas de lucha libre televisada y mantener a los niños también callados cuando luego de darse algunas cervezas se acostaba en el sofá a roncar como un bendito.

—Chica, no me acuerdo de nada. Sé como me llamo y donde estoy, pero no me acuerdo de ayer, de qué hice, como si el día se hubiese borrado, como si no hubiese existido. No me acuerdo cuánto tiempo llevo en este sitio. No recuerdo cómo se llamaba mi hijo. Es como si hubiesen desgarrado jirones de mi recuerdo y tirados en una fogata, ya no existen. El Dr. Díaz me dijo que ésto es normal, perdería la memoria, pero que poco a poco retornaría. Me asusta, me asusta tanto. No quiero más tratamiento electroconvulsivo. No lo aguanto.

Celia cruzó un brazo sobre la cara.

—¿Cuántas veces te toca la terapia?—preguntó Blanca.

—Tres veces. El Dr. Díaz opina que este tipo de terapia sólo es efectiva si se realiza por lo menos tres veces. Pero yo no quiero, no puedo, prefiero cualquier cosa a ésto. Ahora mismo los nombres de la gente que conozco forman un mosaico loco en mi cabeza, como los nombres en una novela rusa. Eso es, de los nombres que recuerdo. Es espantoso el que recuerdo nombres de gente que apenas conozco y no recuerdo el de mi hijo.

Blanca puso su mano sobre la mano fría de su compañera. Le acarició el pelo. No encontró qué decir. Cómo combatir ese miedo que todos sentían de sufrir los castigos al cerebro. Las drogas, las cargas eléctricas, la regimentación rígida asfixiante, la penetración sutil en los pensamientos más profundos e íntimos. ¿Cómo derrocar esta tiranía?

—Creo que debes negarte a someterte a la terapia— dijo Blanca al fin. Pero vio que los ojos de Celia se cubrían de un miedo que coloreaba sus iris de gris. Miedo al psiquiatra, miedo al marido, miedo a sí misma, a esas depresiones que la aniquilaban poco a poco. Blanca sintió el miedo que no pudo nombrar, que reptaba en una línea oscura y picaba pensamientos dormidos, e hizo el miedo suyo. Apretó el brazo de Celia, quien acurrucada se quedó dormida. Pidió bolígrafo y papel en la estación de las enfermeras, encendió su tocacintas y continuó una carta que comenzó a escribirle a Rosa no recordaba cuándo.

Las cosas van marchando, o mejor dicho, caminando a pasos rítmicos y predecibles. Los días se funden unos con otros y más parecen olas que marcas. Quisiera rediseñar los calendarios para reflejar el paso del tiempo con curvas en lugar de números encuadernados. Es extraño observar el paso del tiempo que no considera las vidas que envejece, marchita y apaga.

En estos momentos escucho "Caminito" de Plácido Domingo. Recuerdo las noches en San Juan en que acurrucadas como ovillos en el suelo escuchamos tus tangos y aspiramos lánguidamente de nuestros cigarrillos franceses. Recuerdo las pláticas nostálgicas, los cuentos deliciosos que saboreamos con fruición. Recuerdo el llanto común de nuestros pasados que nos hizo hermanas.

Aquí las cosas andan como siempre. Los enfermos con sus cuencas demasiado vacías o demasiado vivas, las tragedias individuales, los deseos de destrucción que pesan sobre nuestras voluntades como dolor de cabeza. Los agravios no deshechos, los fantasmas justicieros que atormentaron conciencias inflamadas. Cada uno de los que permanecemos en este mundo enano, distante, artificioso, enloquecido de voces disonantes, tenemos una historia que contar. Poco a poco todas las historias se funden en un camino torcido que no conduce a lugar alguno, pero que sigue su derrotero angustioso, atormentado por un lamento sin fin.

Silvia arribó a estas puertas una noche en que su tormento llegó al ápice, claveteando su cabeza. Entró a un bar una noche a comprar una cajetilla de cigarrillos. Cuando se arrastró afuera dos horas más tarde, había sido ultrajada repetidamente por cuatro hombres sobre una mesa de billar mientras los demás parroquianos vitoreaban. Ultrajadores y espectadores mantuvieron a la muchacha despavorida clavada a la mesa de billar y las bolas chocando unas con otras, servían de ritmo a los alaridos, a los vítores, a los aplausos, al abuso.

A veces habla, su voz un eco seco dentro de un hoyo, las pupilas destellando terrores escondidos. Nadie mantiene buena postura en este lugar, pero Silvia siempre se mira los pies y cuando habla se mira las manos que permanecen en actitud de súplica. Su voz ronca de gritar todas las noches no logra parar la pesadilla que gira y gira como película descabellada en una pantalla púrpura.

El cerebro despierto de Miguel, el parricida, nunca duerme. Su abuso de drogas le despertó el cerebro permanentemente y pasa las noches caminando por los pasillos, de arriba a abajo, de abajo a arriba, sus grandes pies descalzos quemando las losetas frías. Las alucinaciones inducidas por drogas eran un bálsamo lenitivo contra el infierno de su hogar. Su padre, un hombre corpulento y aficionado a las motocicletas, fabricó una bota especial claveteada con pernos espigados para patearlo. Cuando se cansaba de la bota, lo apaleaba con un martillo y luego, como acto tranquilizador, con Miguel de testigo renuente, ultrajaba a su hija mayor, quien había dejado de llorar hacía años. Un día, mientras azotaba a la madre con un cable eléctrico, Miguel empuñó el rifle paterno y le pegó un tiro en la cabeza desparramando sus sesos por la cocina. En la cárcel, tajeó sus muñecas con un tenedor. Eventualmente un juez compasivo lo envió al manicomio porque el tormento mayor de Miguel yacía enterrado como tósigo en su cerebro.

Cástulo, el incendiario, es un hombre bajito, delgado, calvo y canoso. Pide excusas constantemente como si su existencia misma fuese una molestia para el resto de la humanidad. Si camina por el pasillo donde otra persona camina, pide perdón. Al pasar por el lado da muchísimas gracias con la cabeza hundida en el pecho porque no se atrevería a mirarse en una cara ajena. Parece un pajarito asustado, pidiendo excusas continuas por la violación de su presencia en la vida. Su cara esta cubierta por marcas curvas, tajos precisos que los años le tatuaron. Los espejuelos de montura negra y ancha le ruedan constantemente por el puente de la nariz. Siempre viste con ropa de poliéster que estuvo de moda hace veinte años. De niño, incendió su casa con fósforos sobre periódicos viejos y su madre casi fallece en el holocausto. Cástulo apenas habla, pero de vez en cuando se acerca al oído de una víctima desapercibida y emerge de su garganta trémula un susurrón chismoso. Cuenta cómo sostiene relaciones sexuales con su madre mientras su padre los fotografía. —Entonces— termina con gran alarde dramático —me convierto en murciélago— Al terminar su narración grotesca estornuda repetidamente y se suena la nariz con grandes ruidos pidiendo miles de excusas mientras cabizbajo se ajusta los espejuelos. Me pregunto si, de acuerdo a las teorías de Fliess, una cirugía nasal aliviaría la fijación del pobre Cástulo.

Celia, la deprimida, es una feminista malograda, cuyo marido, en la mejor tradición machista, la internó. Recibe tratamiento electroconvulsivo para apagarle la llama libertaria.

Úrsula está loca de remate, nadie sabe por qué. Cuando llora, las lágrimas le salen sólo por el ojo izquierdo. Y Nina, la viejita, grita de continuo desquitándose por una vida de aceptación callada. Apaciguada el día de Navidad por los regalos regados sobre su tocador, se olvidaba de haberlos recibido y cada vez que los veía se regocijaba nuevamente, como si los viera por primera vez.

La enfermera trajo un somnífero rojo de todas las noches. Blanca lo tomó con un vaso de agua y ya no escribió más.

Cada noche ella hurgaba en su oscuridad, trajinando en sus sueños hasta que el cansancio la hacía despertar temprano en la mañana, agotada. A veces soñaba con una fuerza, un poder oscuro, invisible, que la levita sin control, estrellándole la cabeza contra la pared, su cuerpo horizontalmente tieso. No puede vencer la fuerza, quiere despertar, gritar, pero ni siquiera respira.

Esa noche Blanca barría la sala de un club para gringas, de esas clases privilegiadas que envían sus hijos a escuelas privadas, mantienen sirvientas y pasan el rato como voluntarias, sirviéndole a la humanidad porque la nobleza obliga. Mientras Blanca barre, una tormenta amenaza los cielos, lanzando una oscuridad repentina sobre la casona. Las mujeres allí reunidas jugando canasta, toman sus abrigos apresuradamente y salen para sus casas. Blanca queda sola, guardián del templo gringo, asegurándose que todo está en orden, las puertas y ventanas herméticamente cerradas. Aparece a la puerta una mujer alta, elegante, cincuentona, con un vestido púrpura. Con sus nudillos enguantados, toca en la parte superior de la puerta que es de cristal. Blanca la reconoce y abre la puerta. La mujer pregunta si está sola. Blanca asiente. La mujer camina hacia un armario, abre la puerta labrada y saca un bolso azul plástico, empuñándolo con las dos manos. Mira a Blanca de hito a hito, una sonrisa maléfica oscureciéndole los ojos de azul helado. Blanca siente un frío en los huesos mientras un escalofrío repta por su vértebra. Grita y con furia de amazona ultrajada, la apabulla hasta despertar.

Cansada de escuchar pesadillas, intentó descifrar las hendiduras del techo, con su pintura descascarada, que se tiñe de sombras en la madrugada. A las siete se vistió desganada aunque no quiso peinarse esa mañana, y fue al salón comunitario después del desayuno. Era importante que el personal psiquiátrico la viera allí enfrascada en actos de socialización o escuchando las cintas magnetofónicas que el Dr. Hackman le proporcionaba sobre "cómo combatir las expectativas poco realistas". Blanca solía sustituir éstas subrepticiamente por su admirado Plácido.

Vio que Celia, ya bastante restablecida de su último tratamiento, intentaba tejer un cuadro amarillo.

—¿Qué estás haciendo?

—Una manta para mi hija. Siempre siente frío. Además, no tengo mucho que hacer.

—¿Cuántos años tiene la nena?

—Diez, y es tan linda, si la vieras, parece una damita. Le gusta cuidar a su hermano y a su papá. Odia ensuciarse la ropa y por eso nunca juega afuera. Es una de las razones por las que detesta esa enfermedad que tiene que la hace arrastrarse por el piso y ensuciarse toda.

—¿Qué enfermedad?

—Ay, Dios mio ¿cómo se llama? Es una enfermedad que padecían Alejandro Magno y Julio César— Celia giraba los ojos angustiosamente hacia el techo. —Empieza con "e".

—¿Epilepsia?

—Sí, sí, epilepsia— apuntaba extasiada con un dedo al aire.

Celia leía vorazmente. Leía de todo: tratados sobre el materialismo dialéctico, ensayos sobre la problemática del emigrante puertorriqueño en la novela de Enrique Laguerre, la poesía de Clemente Soto Vélez. En raras ocasiones recurría al diccionario gordo que mantenía como mueble en la habitación. Sin embargo, al hablar no siempre podía verter en su conversación esas palabras que conocía tan bien. Muchas veces la palabra buscada tambaleaba en la punta de la lengua atormentándola y Celia la formaba y reformaba en el cerebro, pero no saltaba. En una circunlocución angustiosa, describía lo que quería decir hasta que alguien le ofrecía la palabra buscada o ella al fin la recordaba, a veces horas más tarde. En Celia las palabras podía fluir como grifo abierto, pero a veces tropezaba de continuo con su propia lengua y optaba por no hablar. Porque nunca sabía cuándo tropezaría, Celia hablaba menos y menos cada día. Sólo con Blanca, su compañera, podía tropezar sin bochorno porque aunque alguna gente la creía estúpida, Blanca veía la inteligencia que brotaba de sus ojos audaces.

En algunas personas pensamiento y lenguaje son una sola entidad, o dos facetas de una esfera. Una no puede existir divorciada de la otra. Aún cuando piensan en silencio, sus pensamientos quedan mediados por la palabra. Sin la palabra, el pensamiento no existe en estas personas porque el pensamiento y lenguaje quedan inextricablemente atados en el cerebro. Piensan algo y lo dicen. Pensamiento y palabra, palabra y pensamiento.

En otras personas, como Celia, pensamiento y palabra tienen una existencia separada que permite que el pensamiento fluya autónomo en un fiat mental. Pero a veces con el pensamiento quedando tan libre de la palabra, arrogantemente vuela solo aún cuando exista la necesidad de la palabra que medie el espacio entre el pensamiento de una persona y el de otra. Como no podemos pensarnos, sólo hablarnos, la intrepidez del pensamiento en estas circunstancias sociales, en que audaz, se niega a encontrarse con la palabra, provoca un silencio tangible, o tropezones bruscos.

Hoy, las palabras de Celia fluían desparramadas, incontenibles.

—Ahora está tomando una droga anticonvulsiva que le controla los ataques, pero anteriormente le daban dos ataques por semana. La pobrecita viraba los ojos hacia el cielo hasta que sólo se le veía lo blanco, como una muerta. Luego le brotaba la saliva a borbotones mientras saltaba y se sacudía por el piso. Es un espectáculo feo especialmente cuando pierde el control de la vejiga y se arrastra en un charco de orines. Hay que tener mucho cuidado que no se muerda la lengua cuando aprieta la quijada o que se dé un golpe con algún mueble mientras se impulsa de lado a lado. Cuando pasa el ataque, que por suerte dura sólo unos minutos, cae en un sueño largo y profundo.

—Los médicos no saben cuál es el origen de esta dolencia. Lo que saben es que lo causa un problema en las neuronas del cerebro. Pero no se sabe por qué se derrumba, por qué se eh, eh, ¿cómo se dice? desconectan las señales eléctricas del cerebro. Es una especie de descarga eléctrica excesiva que causa las convulsiones.

—Siempre me pregunto el por qué. Por qué le ha ocurrido esta tragedia a mi niña, mi niña tan linda, mi niña tan buena, mi niña tan perfecta. Mi suegra dice que es castigo de Dios. Que algo terrible debo haber hecho para merecer esta aflicción tan fea en mi hija. Que mi hija esta pagando por los pecados de la madre. Eso dice. Imagínate, chica, ahora tengo que sentirme culpable hasta por las enfermedades de mis hijos. Claro, no se le ocurre que el castigado puede ser Juan. No, la culpable siempre soy yo.

Blanca alzó los ojos.

—No me hables de culpabilidad— le respondió—. Yo nací con el sentimiento de culpabilidad que le tocaba a la humanidad entera. Cuando repartieron culpabilidad, creo que llegué primero. Me siento culpable aún cuando no he hecho nada. Si veo un policía acercarse, me siento como un criminal. Si alguien se da un golpe mientras me ayuda a levantar un mueble, me siento culpable. Me siento culpable por la muerte de mi madre, por mi divorcio, por haber traído a mi hija al mundo, por los niñitos hambrientos de Biafra. Me siento culpable aún cuando ansío ser feliz porque cómo puedo tener derecho a la felicidad cuando el resto de la humanidad no la puede disfrutar también.

Celia entendió. —Bueno, tú sabes que la culpabilidad siempre acechará a la mujer, especialmente a la mujer puertorriqueña que debe sufrir, padecer, sacrificarse en la hoguera como una buena mártir por el bien del hombre, sea éste padre, hermano, esposo, hijo o amante. Nosotras somos oprimidas y explotadas no sólo por los gringos que mantienen nuestros destinos en el puño sino por nuestros hombres. Es el acondicionamiento impuesto por el hombre con sus principios hipócritas e idiotas. Doblegadas estamos en la fábrica, en la escuela, en la cocina, en la oficina, en la colonia. La mujer puertorriqueña es una madona, pero una madona sufrida, suplicante, una madona que debe ser virgen y puta a la vez. Una madona que debe permanecer pura para darle excusa al hombre a corretear con otras madonas que hacen cosas que nunca harían las mujeres supuestamente decentes, pero que a la vez el hombre las espera de ella.

—Mira, si desde los griegos la mujer es vista como una aberración, un ser incompleto. Por lo menos Platón vio tanto al hombre como a la mujer como seres incompletos buscándose entre sí para juntarse y formar ambos un ser andrógino, circular, perfecto.

—¿Por qué crees que estoy aquí, en una institución psiquiátrica? Porque los hombres me han condenado, porque yo me atreví rebelarme contra esa posición exaltada en que el hombre me tenía, esa posición exaltada en que en un pedestal no podía replicar, no podía protestar, no tenía derecho a diferir ni disentir porque después de todo, estando en un pedestal, todo se me había ofrecido. Sacrificios blanquinos. Se me daba casa, comida, ropa, la máquina de lavar, el televisor, aún dos hijos preciosos se me daban. No tenía que trabajar, supuestamente, porque sabes que los quehaceres de la casa no cuentan. ¡Cómo gozaba de la buena vida!— escupió Celia sarcástica.

—De vez en cuando el buenazo de Juan me da dinero para comprarme un vestido nuevo. Pero eso es todo parte de la estrategia, de la confabulación para mantenernos atadas, esclavizadas, encadenadas a una vida de estufas, máquinas, licuadoras, lechos con sábanas de percal. Yo no quiero esa vida. Yo esperaba que el matrimonio me liberaría, pero el matrimonio no es más que una continuación de la sentencia vitalicia a la que se me condenó cuando nací mujer. El matrimonio no es liberación, es una condena más.

—Mira, si yo lo que quiero es continuar mi educación. Al fin pude obtener el diploma de escuela secundaria a través del examen de equivalencia, usando miles de estratagemas y subterfugios, convenciendo a Juan de que era lo mejor para nuestros hijos porque así yo podría ayudarles a ellos con sus tareas escolares. Pero yo lo que quiero es una educación universitaria. Yo quiero beberme los clásicos, yo quiero tomar de mentes fértiles ideas, pensamientos, aprender y practicar las acrobacias mentales que afinen mi agilidad cerebral, porque hay mucho más que los melodramas televisados y la lucha libre profesional. Estoy cansada de vivir para otros. Quiero aprender, quiero abrir esa frontera, quiero expandirme en ese universo de las ideas. Tengo una sed horrible que me aturde. Pero Juan no me deja. Por eso estoy aquí, porque me rebelé, porque me deprimí, porque me negué al coito, porque no mantenía la casa pulcra, porque en lugar de restregar pisos, leía el Leviatán.

—Ay, y cómo quisiera lanzarme, dejar a Juan, pero no sé cómo hacerlo. Carezco de destrezas que me ayuden a ganarme la vida. Cuando insinué que quería continuar los estudios universitarios, Juan me dio una bofetada para mantenerme, según él, en mi sitio. Que si me atrevía a hacer algo por el estilo a sus espaldas que tendría que sufrir las consecuencias. Que no se me ocurriera dejarlo porque a él no se dejaba fácilmente, me haría la vida imposible, me quitaría los hijos. En cuanto a los libros, si sigues con esas zanganerías, me dijo, los voy a quemar. Un día hizo una hoguera con todos los poemas que yo había escrito desde niña y que mantenía celosamente guardados en una caja de zapatos debajo de la cama. "Esas son pendejadas" dijo, sonriéndole a la hoguera con los brazos cruzados.

—Bueno, como me siento hoy quizá no sea necesario quemarme los libros o lo que escribo porque ya me quemaron el cerebro, que es lo mismo.

Tanto Celia como Blanca quedaron sumidas en el silencio que aún guardaba el eco de Juan el pirómano. Blanca recordó su propio matrimonio malogrado, sacudió la cabeza para expulsarlo de su memoria, y se levantó.

—¿A dónde vas?— preguntó Celia.

—Voy a darme un duchazo que ayer no me bañé y ya sabes, no es terapéutico.

Celia sonrió, entendedora de esas cosas. Blanca recogió su jabón y toalla. Caminando hacia las duchas comunitarias olía el efluvio que subía desde su pubis, la arropaba con su vaho seductor y repulsivo. Su olor a vagina mojada, a cuerpo sudado, a dulce rancio le penetraba por los poros, todos muy abiertos, esperando. Sentía un olor raro en las axilas como si alguien penetrara su habitación en la noche, usara la blusa que hoy llevaba puesta, y luego la devolviera a la gaveta, impregnada de un sudor ajeno. No olía a sí, sino a un extraño. Aspiraba su olor fuerte, sin domadura de desodorante, y ya dentro de la ducha se restregó por largo rato.

Todo se lo quitaron cuando llegó. La ropa, el cinturón, sus medias. Todo fue inspeccionado meticulosamente pues las reglas prohibían la posesión de espejos, limas de uñas o cualquier otro objeto que pudiese transformarse en herramienta destructiva. Los espejos del hospital eran latones que distorsionaban las imágenes reflejadas. Blanca dejó de mirarse al espejo, asustada al ver su rostro ondulante, disparejo, desequilibrado en los latones indestructibles. Blanca todavía pensaba en maneras de matarse para apagar la cháchara en su cabeza. Aquí era un poco difícil, pero no imposible. Siempre podía tragarse un lápiz, insertar un dedo mojado en un enchufe eléctrico, acumular las pastillas que le administraban a diario en un escondite mortal. Cada momento Blanca analizaba estrategias de autodestrucción. Afuera era más fácil. Se tenía la libertad de embriagarse hasta el olvido, de pegarse un tiro, cualquier cosa. Lo importante era hacerlo bien. Blanca sentía su alma magullada, se sentía fea, incompetente, incapaz, tonta. Sentía impulsos desaforados de hendirse la carne con navajas, en tatuajes cruzados por todo el cuerpo, de arrancarse las mejillas en puñados de pulpa, de morderse como fiera, de morir como Hipólito.

El Dr. Hackman ni siquiera sospechaba la existencia de esta caldera caliginosa. Llevaba meses hablándole de las expectativas poco realistas de Blanca, que su depresión se debía a la frustración de no poder cumplir con esas expectativas autoimpuestas e imposibles de realizar. Oía sin escuchar sus quejas que ella no podía articular, ni definir en lenguaje convencional. Porque Blanca hablaba a través de un tamiz espeso, negro, que le cubría la cara y su herida secreta. Ella mantuvo su pose de mujer educada en todo momento. Le habló de política, de historia, de filosofía. Comparó su vida con las pinceladas de Van Gogh, espesas, violentas, exuberantes, se remontó en su columpio de niña y olvidó los agravios mientras sentada en la butaca mullida se emponzoñaba y el encono la hería. Pero el hombre no entendió.

Los pacientes más tranquilos debían participar en la terapia de grupo dirigida por el Dr. Hackman. Era asistido por un residente en psiquiatría llamado Esteban, quien casi fallece de enfermedades diversas durante sus primeros años de estudios de medicina. Sufrió cada enfermedad estudiada en sus textos. A veces se abarrotaba de varias enfermedades simultáneamente. Si se le requería auscultar a algún enfermo, corría después a lavarse las manos y los brazos con un cepillo de cerda dura que casi le arrancaba la piel. Hoy, sentado junto al Dr. Hackman, se veía pálido, pero le sonreía a todos mientras se rascaba la palma de una mano.

Los pacientes se sentaron en unas sillas que formaban un círculo.

—¿Alguien tiene algo que comentar sobre la sesión anterior, o sobre algo que haya ocurrido durante la semana?— preguntó el Dr. Hackman.

Nadie respondió.

—Bueno, ¿cómo se sienten?

No hubo respuesta.

Esteban, con su cara de güimo hambriento, intentó romper el hielo para impresionar favorablemente a su superior.

—A mí me hicieron un chiste muy bueno el otro día. Si quieren se los cuento.

—Buena idea— asintió el Dr. Hackman. —La risa es muy terapéutica. Los estudios más recientes indican que la risa ayuda a mejorar a pacientes que padecen de todo tipo de enfermedades. Adelante, Dr. Beauchamp.

Esteban escurrió el trasero hacia la orilla del asiento.

—Un amigo se encuentra con otro en la calle. "Oye, quiero felicitarte. Este es uno de los días más felices de tu vida" le dice. "¿Qué estás diciendo?" le pregunta el amigo. "Si yo no me caso hasta mañana." Y el amigo le respondió: "Por eso te digo que hoy es uno de tus días más felices".

Los médicos rieron un poco. Algunos de los pacientes hicieron muecas, otros se miraron las manos mientras se contoneaban incómodamente en sus sillas. Blanca miraba a través de la ventana, su mente saltando de imagen a imagen.

—¿Alguien quiere contarnos otro chiste?

Angela, la aristócrata del piso, quien siempre posaba como Zelda Fitzgerald, aclaró la garganta.

—Sé un chiste muy bueno— dijo con su acento sureño. —Me lo contaron en un hospital de Virginia. Creo que es apropiado— Con un movimiento leve de la mano, se echó la melena hacia atrás.

—Una vez un hombre conducía por las calles de la ciudad cuando se le vació una llanta. Se apeó del auto y buscó la llanta de repuesto en el baúl. Cuando comienza a instalarla se le caen los cuatro tornillos rodando calle abajo y todos cayeron en una alcantarilla. El hombre empezó a lamentar su suerte cuando escuchó un silbido. Miró hacia la verja que rodeaba el manicomio de la ciudad y sentado en la verja se encontraba un paciente señalándole que se acercara. El hombre se acercó un poco atemorizado. El paciente le dijo: "Lo que tienes que hacer para resolver tu problema es coger un tornillo de cada una de las tres llantas restantes y usarlos para montar la llanta de repuesto. Así puedes llegar al garaje sin problemas." El hombre, sorprendido, dijo: "¡Qué buena idea! Pero con una mente como la tuya, ¿cómo es que te encuentras en un manicomio?" A lo que respondió el paciente: "Yo estoy aquí por loco no por estúpido."— Angela terminó su chiste temblando de risa.

Blanca había escuchado el mismo chiste en dos idiomas. No se rió.

—Bueno— interrumpió el silencio con desagrado. —En este lugar existe mucho dolor humano, mucho pesar, agonía a veces. En lugar de hacer chistes, creo que debemos hablar del dolor de todos nosotros. Por eso es que estamos aquí ¿no es cierto? Porque todos padecemos de algún dolor. A pesar de ese dolor, en ningún momento he visto a alguien llorar. Es como si el llorar denotara alguna debilidad asquerosa o que la desesperanza ha llegado al punto en que no vale la pena llorar. No sé. Un día, mientras estaba sentada en este salón, lloré. Lloré por mí, por mi condición, por mis compañeros de desolación, por la humanidad. Lloré porque esa mañana había escuchado que un paciente vino a este mismo hospital luego de haberse recuperado de quemaduras en todo el cuerpo. Un desempleado, padre de familia, quien desesperado por su condición, llamó a una estación de televisión local y le informó al gerente de noticias que ese día a las cinco de la tarde, en un acto de protesta por la situación económica del país, se prendería fuego. El gerente despachó a un reportero y un a camarógrafo al lugar indicado. El hombre apareció con un latón de gasolina, la que derramó sobre su ropa, y encendió un fósforo. El fósforo se apagó y encendió otro hasta que logró convertirse en una antorcha viviente. Mientras tanto el camarógrafo camarografiaba y el reportero reportaba. En ningún momento intentaron disuadir al hombre o llamar a la policía o intentar evitar esta tragedia de alguna manera. Lograron incluir el reportaje en las noticias de las once. Bueno, el día en que me enteré de esa tragedia, mientras yo lloraba, los compañeros que notaban el llanto, desviaban la vista, mirando para otro lado como si no me vieran. Incómodos ante mi espectáculo a la larga quedé sola en un rincón del salón. Sin embargo, a pesar de la resistencia por llorar, unos científicos acaban de estudiar la composición química de las lágrimas y encontraron que éstas contienen una sustancia hormonal que al soltarse reduce la tensión emocional de la persona que llora produciéndole un alivio, un desahogo. Los científicos también compararon las lágrimas que se derraman durante una crisis emocional con las que se lloran por otras razones, como pelando cebollas, y encontraron que éstas últimas no contienen la sustancia tranquilizante. Lo que quiere decir ésto es que es beneficioso llorar porque produce un alivio a la tensión emocional. No creo que debemos avergonzarnos cuando presenciamos el llanto ajeno. Creo que en este lugar todos tratamos, por lo menos mientras estamos en el salón comunitario, de presentar una fachada de bienestar que no existe y que sólo asoma su cabeza cuando estamos acostados y nos apagan las luces.

—Eso está muy interesante— aportó el Dr. Hackman mientras Esteban asentía con la cabeza. —¿Alguien desea comentar sobre lo que acaba de decirnos Blanca?

—Bueno, este, yo siento que si empiezo a llorar un día nada ni nadie en el mundo me pueden detener. Por eso no lloro, porque hay tanto llanto en mí que si permito que rompa ese dique, las oleadas van a destruirme, me van a ahogar— Silvia apretó los labios, trabó la quijada, se remitió a su concha y no dijo más.

—Este es un tema muy importante, pero ya es hora de terminar— el Dr. Hackman miró su reloj de muñeca—. Así es que seguiremos discutiendo el tema la semana que viene. Buenos días.

Blanca se levantó antes que nadie y fue al baño. Tenía la vejiga tan llena que le dolía caminar. Apenas había tolerado la parte final de la sesión, pero no podía excusarse mientras Silvia, con su voz de niña herida, plañía. Se sentó en el inodoro frío y con un resuello lanzó el chorro caliente y largo que casi le arde. Tembló del escalofrío y limpió su vagina de atrás para el frente. Miró el papel manchado de sangre. Tomó más papel sanitario, lo enrolló y se lo puso entre las piernas, antes de subirse los calzoncitos. Caminó presurosa a su cuarto en busca de un tapón sanitario. De regreso al baño le bajaron borbotones bermejos calientes, incontrolables. Temía correr pasillo abajo porque el esfuerzo la haría sangrar más. Cuando llegó, la sangre bajaba en estrías por los muslos. La sangre con su olor a útero secreto, ovario rajado, cérviz inflada, impera regia imponiéndo su mandato sobre la vida de Blanca. No existe esfínter que la domine. Cuando su horario arcano la impulsa, sale en chorro vengativo rodeada de espasmos y turgencia.

Acostada en su cama Blanca no encontraba alivio al encono ventral. Se acostó boca abajo sobre su almohada prensando el abdomen adolorido. Se le llenó la boca de una saliva rala.

Se odiaba a sí misma. Se odiaba, sí se odiaba. Por los pecados pagados que nunca cometió. Por la niñez robada, la adolescencia encarcelada. Por la humillación de tener que ser quien no era. Por temerle a la gente. Por querer ser feliz. Por las lágrimas ya secas detrás de las retinas. Por los terrores nocturnos que no la dejan vivir. Por sus defensas de acero ante los atropellos. Por los atropellos cesados, pero que seguía sufriendo. Por su voluntad encabritada. Por los insultos que aún le martillaban el cerebro. Por la ira tragada. Por la confianza violada. Por las cicatrices invisibles que aún abrasan su memoria. Por el precipicio que continuamente la seduce desde su orilla. Por la sumisión sostenida en condiciones tiránicas. Por la omnipotencia de los adultos. Por la voluntad subyugada. Por la locura que le tienta incansablemente. Por alegrías enterradas. Por no atreverse a soñar. Por los lamentos que taladran sus tímpanos. Por su cerebro que no cesa de correr. Por las memorias que no mueren. Ni perdonan.

Cuánto hay que sentir para convertirnos en humanos. Blanca no sabía si el dolor la hacía más humana o más mezquina. Si el escozor de su espíritu lograba traspasar las camadas de penumbras y aceros hasta llegar a su humanidad trunca. Estaba convencida que un requisito de la calidad de ser humano era la alegría. No sólo el llanto nos hace humanos, pensaba, la risa también. Y hacía tanto tiempo que no reía. Su espíritu fracturado no reía, ni sonreía. Su espíritu escuchaba el rugir de la ira, del terror, del dolor, de la soledad. Un rugir silencioso como pisadas en la arena. Se veía a sí misma corriendo bajo una lluvia torrencial, su vestido en hilachas, brazos estrechados buscando alargados los pedazos de vida quebrada que desparramados por los caminos nunca podrían juntarse. Con sus pedazos perdidos, dispersos, Blanca no podía ser humana. ¿Cómo componer el rompecabezas dislocado? ¿Cómo carenar esta nave descuajada?

Palpó su máscara que ya no era negra, ni blanca, ni roja. Su máscara abigarrada que ya nunca se quitaba y miró hacia una lejanía encharcada en sangre. Olió la mancha ensangrentada que mancillaba su cerebro en ruinas. Escuchaba los alaridos de una nina, alaridos sordos, gemidos atragantados, desde la soledad de un rincón. Esa niña lastimada, perra en el rincón, sin habla, sin peso, sin forma, como el aire, castigada a un silencio total que gritaba desde su barriga, intentando prorrumpir como oleaje, rompiendo todo dique, en un grito prolongado que traspase el trueno, que invada la agonía, que la ahogue en vientos. Esa niña que en su rincón de perra intentaba devorarse a sí misma, alimentándose de su propia carne, consumiendo trozos de labios, de lengua, de mejillas internas. Se pegaba, se mordía. Quería consumirse para dejar de existir.

Corina tambaleó a la ventana en busca de la luz. Un rayo de sol le hirió el ojo izquierdo despertando memorias de un barrio en Puerto Rico, tan lejano como el silencio.

Capítulo X

—Oye, americana, ayúdame con este trabajo de inglés— Pablo corría tras Blanca, un mechón rubio cubriéndole parte de la frente.

—Mi nombre es Blanca. No me gusta que me digan americana.

—Está bien, está bien— accedió Pablo, más interesado en los conocimientos que Blanca le pudiese transferir en el difícil que en su nomenclatura. En esos momentos la llamaría Reina Isabel si ella se lo pedía.

—¿Qué pasa con el trabajo de inglés?

—No entiendo ni papas. Míster Ramos no explicó bien cómo tenemos que hacer ésto. Mira.

Se sentaron bajo el guayabo. Blanca le explicó a su amigo algunos de los misterios del difícil y poco a poco empezó a desplegarse la cortina de duda que colgaba de la frente de Pablo. Tomó una guayaba madura acostada en la grama, la abrió en dos con los pulgares e inspeccionando sus entrañas cuidadosamente para asegurarse de la ausencia de gusanos blancos, le ofreció un trozo a Blanca. Terminó el receso y ambos corrieron a clases.

—Estás por el libro— le gritó Pablo en agradecimiento.

La Escuela Intermedia Antonio B. Caimary se erguía ancha y chata como un canario harto en una loma de Villa Palmeras. Desde la segunda planta, se divisaba la Avenida Eduardo Conde con su congestión de gentes, automóviles y tiendas lindando las costas de sus calles. Blanca llegó a Villa Palmeras con su abuela a cuestas, aspirando el olor a palmeras, a gente sin abrigos, ajustando su visión a la brillantez de un cielo que le pareció casi posado sobre su cabeza.

Tímidamente saludó a los primos esperándolas en el aeropuerto y se tiraba incómoda el cuello del vestido mientras la interrogaban o hablaban de ella con la abuela. Al correr el automóvil desde la Avenida Norte hacia las calles estrechas de Villa Palmeras, Blanca miraba sorprendida este mundo extraño, exótico, foráneo que corría a través de su retina manchándola de colores vivos y letreros de Mueblería Alemañy y Carlos Ruiz, Abogado Notario. Caminaron los callejones oscuros que penetraban una sociedad de casitas aglomeradas a las orillas de la Laguna San José escuchando coquíes chasquillando escondidos en las malezas y en los remendones de tierra de los que brotaban arbustos de amapolas rojas. Al acostarse esa primera noche en Puerto Rico, Blanca escuchó los televisores de sus vecinos balbuceando estridencias, parpadeándole a la oscuridad mientras los coquíes cantaban y un chorro caía pesado al zaguán. El mosquitero tupido tapaba visiones alzándose en la habitación pequeña y oscura. Blanca lloró al presentir su condena en su cárcel con su carcelaria.

La abuela la despertó temprano. Había muchas diligencias que hacer y al que madruga Dios lo ayuda. Blanca se rascó las picadas de mosquitos en las piernas hasta sacarse sangre. Se aplicó alcoholado de eucalipto que olía a ancianos y el ardor controló su picor por un rato.

Subieron por los callejones hasta que los portones del cementerio les avisaron la llegada a la avenida. Anduvieron todo el día entrando y saliendo por colmados y farmacias, Bernarda presentándole la nieta a propietarios y empleados, introduciéndola al mundo de los mandados en el barrio nuevo.

Esa noche cansada de caminar, Blanca salió a la escalera frente a la casa. Miró hacia los callejones oscuros y los patios minúsculos de las casas vecinas que casi rozan unas con otras. La luna semioscura descansaba sobre el aire atapuzado de humedad. En la casa de enfrente se encendió una luz. Por la ventana abierta se asomó la cara de un joven. Blanca lo vio llegar del trabajo esa tarde cargando una bolsa de papel en la mano. Comenzó a virarse desde la cintura, lista para entrar a la casa y cerrar la puerta, pero el joven adivinó su intención e hizo un ademán con la mano mostrándole la palma abierta. Blanca esperó extrañada mientras la cabeza del joven desapareció y resurgió de espaldas. El joven se levantó sobre algún objeto y ahora Blanca podía verle el torso y la parte superior de los pantalones. Parecía estar parado sobre la cama porque se tambaleaba. Cuando pudo cobrar el balance, desplegó una sonrisa de duende y mirando a la muchacha fijamente se agarró el pene que había extraído mientras ella le miraba la cara. Se masturbó con movimiento perentorio.

Asqueada, con un susto amargo subiéndole a la garganta, Blanca entró a la casa dando un portazo.

Al día siguiente no salieron. Había que limpiar la casa. Mientras la abuela supervisaba asegurándose de que no quedaría un resquicio sin limpiar, Blanca arrodillada restregaba los pisos con cepillo de cerda gruesa, detergente y amoníaco. Luego con una manguera verde enjuagaba los pisos cuidándose de que los muebles que había colocado en el patio no se mojaran.

Mientras restregaba arrodillada en el piso, la abuela, sentada frente a ella en un sillón de pajilla, abría las piernas para coger fresco. Bernarda sólo usaba pantaletas al salir a la calle. En la casa solía sentarse con las piernas abiertas y el vestido encaramado mostrando los pelos canosos de su pubis avejentado. Blanca se esforzaba por no ver dentro de la oscuridad del vestido mientras la abuela le indicaba dónde tenía que restregar fuerte porque había una mancha. El olor a detergente con amoníaco casi la asfixia, pero Blanca no alzaba la cabeza y callada restregaba. Al fin, obligada por el aburrimiento, partió el silencio.

—Abuela ¿me puedes dar medio peso para comprar una novela que vi en la Farmacia Archilla?   .

—Qué novela ni novela— respondió la abuela aleteando los brazos como si espantara un enjambre de moscas.

—Tú te pasas la vida leyendo. Un día de éstos te vas a quedar ciega o loca de tanto leer. Además, el dinero no se bota en porquerías de novelas. ¿Qué crees, que el dinero crece en los palos?

Bernarda nunca reconoció la existencia intelectual de su nieta. Como a los gatitos experimentales a los que no se les permitió ver líneas verticales hasta pasado el período crítico del desarrollo cerebral y ya nunca adquirieron la capacidad para percibir estas líneas, así Bernarda nunca pudo percibir el mundo de las ideas. No asistió a la escuela porque siendo la hija mayor tuvo la responsabilidad temprana de ayudar con la crianza de sus hermanos menores. Para ella, Blanca era un ser corpóreo y emocional cuyo cuerpo y alma eran conducidos por ella hacia un fin fijo que no permitía desviaciones: el amar a la abuela sobre todas las cosas. Esa sería su razón de ser, su existencia toda. El reino que Bernarda cuidadosamente había construido para satisfacción propia se desintegró cuando Carmela y Félix cometieron la traición máxima, rompiendo un tabú milenario. Destrozada, Bernarda huyó hacia la Isla en un exilio autoimpuesto liberando a sus súbditos que en el Sur del Bronx suspiraban aliviados. Huyó de la traición que le taladraba el cerebro a cada hora pensando que en la Isla su dolor se aliviaría porque como dice la canción "la distancia causa olvido". Ya no tuvo fuerzas para empujar a sus súbditos, para gobernar su reino. Sólo vivía para su rencor, sólo le importaba nutrir su odio, su ira, porque sabía que sólo esa llama la mantendría viva en su nuevo rol de mártir. Vivió sola en la Isla durante un año en que la soledad la azotaba en su silencio. Nunca gustó del silencio. Necesitaba conversar, necesitaba, como necesitaba el oxígeno continuo, de alguien que la amara incondicionalmente y recordó a la nieta huérfana.

Sin que nadie la esperara, apareció un mediodía en el patio de la Escuela Pública Número 9 donde Blanca brincaba cuica después del almuerzo. Se acercó sigilosamente a las niñas en fila esperando su turno para saltar sobre la soga gruesa. —Blanca— llamó y a la niña se le congeló el alma al escuchar la voz de sus pesadillas.

En un torbellino de días llegaron a Puerto Rico. La abuela le exigió amor absoluto con sus concomitantes absolutas: la obediencia ciega, la lealtad indisputable y un respeto amordazado. En el mundo sin alternativas de los niños, Blanca accedió callada a las directrices de su destino. Tenía la obligación de besar a la abuela y pedirle la bendición antes de salir de la casa, al regresar a la casa y cada noche antes de acostarse, deber repugnante realizado sin convicción. Aguantaba la respiración al acercársele a la mejilla casi transparente y húmeda para no sentir el olor a piel mojada bajarle al estómago. La anciana siempre tenía la piel mojada y la ropa empapada de un sudor acerbo. Blanca temía oler como ella y buscaba las maneras de rozar sus labios lo menos posible contra la piel de la anciana. Por eso divisaba innumerables estratagemas como hablarle rápidamente sobre alguna noticia del momento al acercarse a la mejilla mojada y así distraerla lo suficiente para que no notase el beso tirado con premura.

Todas las tardes, cuando el sol quemaba los ánimos más despertados, la abuela tomaba una siesta encendiendo un ventilador eléctrico al pie de la cama cuyo aire le penetraba la pirámide canosa que mantenía descubierta. Blanca lavaba y planchaba la ropa de ambas, limpiaba la casa, incluyendo las paredes que habían sido pintadas con pintura de aceite y por lo tanto se podían lavar, y salía a comprar los alimentos necesarios para el sostenimiento de ambas. Para romper el tedio mientras realizaba sus tareas, reflexionaba sobre su destino de ciega o loca porque ciertamente no tenía intención alguna de dejar de leer. Decidió que de tener alguna opción en el asunto, optaría por la locura sobre la ceguera, una decisión tomada fácilmente ya que el ciego no puede leer, mientras que el loco encerrado en su celda del manicomio, como un monje, puede leer cuanto le venga en ganas. Convencida de su destino enajenado, se entretenía haciendo morisquetas de loca, con una risita baja en la garganta.

Cuando la matricularon en la escuela la sentencia con su abuela se hizo más corta. Disfrutaba de sus horas escolares, de su nuevo idioma de aprendizaje, aprendiendo sus reglas de acentuación y ampliando su vocabulario, borrando el españinglés de su léxico. Se había enseñado a sí misma a leer español hacía años, transfiriendo con facilidad las destrezas de lectura adquiridas en inglés. Ahora sólo le faltaba refinar su conocimiento especialmente en la escritura, aprendiendo dónde situar los acentos, cuándo se usa la "y" en lugar de la "ll" y otros detalles gramaticales que no esforzaban su intelecto demasiado.

Hasta entonces su español se limitaba al español que escuchaba a su alrededor, el español hablado por personas con poca educación formal. Ahora tenía maestras que hablaban el idioma. ¡Nunca había conocido una maestra puertorriqueña! En la Avenida Eduardo Conde leía los rótulos de oficinas de abogados, médicos, farmacéuticos ¡todos puertorriqueños! Por primera vez Blanca entendió que de un salto podría arribar a un mundo de libros e ideas, que ella también podría tener un rótulo con su nombre en letras grandes y diplomas grabados en latín colgando de sus paredes. Si otros puertorriqueños lo habían hecho, cosa que ella jamás sospechó en el Sur del Bronx, ella también podría.

Durante ese año en que se esforzaba por progresar en su lengua materna, en que descubría la cadencia de su canto, la melodía de sus ritmos, los secretos semánticos que como flores se desplegaban ante ella revelando su perfume, la lógica de su sintaxis, Blanca leía "El Sombrero de Tres Picos", "El Final de Norma", "La Carreta" y recitaba poemas de amores redimidos en la clase de español. Ya jamás el lenguaje fue implemento o herramienta de comunicación. El lenguaje se convirtió en la mente de Blanca en un bálsamo refrescante, aromático, fuente de un placer tan intenso que comenzó a hablarse a sí misma por el mero placer de escucharlo. Compuso canciones, escribió poemas y cuentos. Empezó un diario, y la niña tímida, temerosa, callada, chachareaba continuamente con sus compañeras de escuela. Tenía amigas por montones y amigos también. Disfrutaban de otear a Míster Rodríguez, el maestro de matemáticas, parándose al sol con sus calzones de hilo blanco. Cómo se reían al vislumbrar a través de la claridad la sombra de sus calzoncillos largos que casi le llegaban a las rodillas.

Nunca había conocido niños como éstos. Niños contentos, niños sin el duro filo de la desolación. Eran niños pobres, como ella, como lo habían sido los del Sur del Bronx, pero su pobreza no les había arrancado la inocencia, no había sembrado la desesperanza en sus corazones. Niños pobres que experimentaban un sentido de seguridad en sus uniformes escolares, todos iguales.

En esa barriada de Santurce, Blanca conoció la Patria y la hizo suya, la amó y le fue leal, con esa lealtad que tienen los niños de mirar el sol y sentirlo bueno en la cara. De correr oliendo los aromas del barrio, el cantío de los gallos, la cháchara de las comadres. Blanca abrazó la Patria y ya no extrañó el idioma gutural, ni los amigos picarones, ni la nieve enlodada.

Su aprendizaje del español fue muy diferente a su aprendizaje del inglés en el Sur del Bronx. Antes de aprender inglés, Blanca utilizaba una jerigonza imitando los sonidos guturales del inglés en un enlace disonante de fonemas sin sentido en un intento de comunicarse con los niños que no hablaban su idioma.

Al cumplir la edad requerida para asistir a la escuela, Blanca vivía con una señora regordeta que tenía un perro sato chiquito y un marido. La señora era muy amable, aunque le halaba tanto el pelo al hacerle las trenzas que el cuero cabelludo pegado a las sienes parecía listo a saltar de sus poros.

La señora llegó un día a la escuela elemental del vecindario, tomando a la niña de la mano. Habló con el Director, un hombre rubio, alto, con una correa marrón de hebilla brillante. La señora firmó unos papeles con letra trémula y vacilante y Blanca se encontró sentada frente a una señora rubia de sonrisa perpetua que le enseñaba cómo debía tomar el lápiz y marcar unos dibujos en un cuaderno espeso. Blanca nunca había sostenido un lápiz y nerviosa, se raspaba la cabeza. No entendía nada, pero para no admitir su ignorancia asumió cara de gran sabiduría y sus marcas trémulas en el cuaderno deben haberle causado muchísimo placer a la señora, porque asentía con la cabeza constantemente como un pájaro carpintero y sonrió tanto que su sonrisa le devoró la nariz, los ojos y la frente.

Al día siguiente la señora regordeta tomó a la niña contenta de la mano y la depositó frente a un aula. Al entrar la ilusión de Blanca se desvaneció como desaparece la sangre de la cara para fortalecer el corazón en momentos de terror. Blanca esperaba niños alborotosos, parlanchines, de ojos vivos. No esperaba estos niños que sentados en sus pupitres parecían deshuesados como muñecos de trapo, los ojos vacíos, extinguidos. Sintió un aura de muerte, de decadencia. La maestra, toda sonrisa, la guió a su asiento asignado en el idioma extraño que Blanca había escuchado tantas veces, su voz tan alta y gesticulando tan violentamente que Blanca pensó que estaba loca. Al sentarse, Blanca sintió el apretón de un niño que le clavó sus uñas sucias en el hombro. Retrocedió horrorizada, clavando la vista en el niño de sonrisa apagada. Lloró todo ese día por su ilusión mancillada.

Durante ese año en la clase para retardados mentales, aprendió a dibujar calabazas en octubre, colorear árboles de pino en diciembre, recortar conejos blancos en abril. También aprendió el inglés y a amar a esos niños apagados que la querían y la apretaban a veces demasiado fuertemente para expresarle su amor.

Cuando Blanca aprendió el inglés, ya las autoridades escolares no la consideraron retardada y la ubicaron en un salón para niños sin la deficiencia de desconocer el idioma anglosajón. Su maestra de primer grado, una mujer de pelo negro y ojos destellantes de una ira nacida hacía años por agravios ya olvidados, tenía las uñas largas en rojo vivo que parecían garras de ave de rapiña. Su desdén por los niños sólo era excedido por el terror que sus pupilos le tenían. Cuando Blanca no podía pronunciar una palabra arrevesada de su libro de lecturas, la motivación recibida era un halón de pelo o del cuello de su vestido. Cuando quería variar le enterraba las uñas en la carne de un brazo hasta hacerla sangrar o le propinaba una tunda con su regla omnipresente en sus nudillos. Antes de escribir en la pizarra, con cara torva y maléfica, advertía a los niños sobre la existencia de dos ojos detrás de su cabeza que veían todo lo que ocurría mientras su cara estaba tornada hacia la pizarra. Blanca no sabía qué efecto tenía esta revelación sobre los otros niños, pero ella, pavorizada, sólo pensaba en esos ojos peludos, siempre abiertos como cavernas, mirándola despiadadamente, y no se atrevía chistar.

En Puerto Rico, sin embargo, no se disipó en ella el temor a una vida entre retardados mentales, sin posibilidad de escape, hasta el domingo aquél en que encarceló su miedo.

Por una coincidencia la abuela se enteró de que una prima lejana, a quien no veía hacía años, vivía en la barriada cercana de Puerto Nuevo. Consiguió la dirección e instrucciones de cómo llegar, aunque éstas últimas no eran muy claras.

Una tarde dominical tomaron el autobús llamado la machina por las innumerables vueltas que daba como una aguja de coser entrando y saliendo por las telas de cada barrio. Arribaron al corral de autobuses de Río Piedras y desde allí caminaron a la plaza donde tomaron un automóvil público con destino a Puerto Nuevo. Como fueron las primeras en llegar al automóvil, sentadas al frente con el chofer, esperaron cuarenta y cinco minutos hasta que cuatro pasajeros adicionales llenaron el auto y el chofer al fin pudo partir con plena carga.

Cansadas de preguntar por la casa buscada, llegaron casi por casualidad. La casa de la prima estaba regada de niños corriendo a través de las sombras oscuras. La prima impedía que el sol le despintase los muebles colocando unas cortinas gruesas que colgaban desde el techo hasta el piso y tapaban todas las ventanas. Sólo abría las cortinas al atardecer porque la casa estaba situada en el lado del sol.

Las visitantes se sentaron en el sofá forrado de un hule transparente que se le adhería a los muslos sudados de Blanca. Las dos mujeres hablaban sobre parientes muertos y vivos. Desde el patio trasero de la casa se oían gemidos intermitentes recostados sobre risotadas bajas que partían roncas en voz de mujer. La prima miró hacia la puerta de la cocina.

—Esa es la retardada— aseveró apuntando con su barbilla hacia el patio. —¿Quieres verla, Bernarda?

Bernarda, curiosa, se levantó y siguiendo los pasos de su prima, salió por el patio trasero. Blanca caminó detrás de las dos mujeres mientras los gemidos se hacían más roncos y la risita desaparecía como humo.

El patio trasero era pequeño. Lo rodeaba una verja de alambre por donde se encaramaban las hiedras golosas. Al lado de un arbusto de amapolas amarillas había una jaula grande construida rústicamente con tablones y alambre reticulado zampada en la tierra seca y rodeada de hierbajos.

Dentro de la jaula, en un rincón donde la sombra ofrecía solaz, había una figura humana sentada sobre un promontorio de heces fecales. El olor a orines y suciedad les apretó las gargantas a las visitantes. Bernarda sacó un pañuelo y disimuladamente tosió y se cubrió la nariz.

La mujer haraposa se levantó encorvada y saliendo de las sombras se acercó al alambre. Ladeó la cabeza al observar fijamente a las visitantes. Comenzó a brincar, su cara sucia desplegando una encía vacía y negra. En la cara achinada lucía estrías de suciedad que le bajaban como tatuajes descontrolados. Los senos grandes y sueltos le colgaban hasta la cintura. Se rascó el pecho con las uñas curtidas mientras sus ojos apagados, como botones, miraban los zapatos blancos de Blanca y se reía ladeando la cabeza desgreñada de lado a lado.

Era la hija mayor. Nació con el síndrome de Down y no habiendo programa adecuado para ella en las escuelas públicas, la madre apabullada con cuatro hijos menores acordó con su marido meterla en una jaula donde no les causaría problemas ni a ellos ni a los vecinos. Le limpiaban la jaula de vez en cuando con una manguera y diariamente bajaba la madre al patio a verterle comida en un tazón que mantenía dentro de la jaula. Cuando menstruaba, había que lavarle la jaula todos los días porque ni aún ellos aguantaban el mal olor.

Hablaba y caminaba ya cuando la encerraron en la jaula. Pero los años a la intemperie borraron las palabras de su cerebro y siendo la jaula tan pequeña era poco lo que podía caminar.

Blanca la miraba fijamente, cautivada por la visión de esta mujer salvaje, cuyas posibilidades habían sido coartadas sin piedad. Esta mujer que no podía escuchar su voz encadenando palabras, lucir zapatos blancos como los de ella y abrir caminos con sus pasos. La mujer enjaulada jamás conocería el placer de un duchazo frío en una tarde calurosa, una comida caliente, cantar en las noches mientras cose un vestido, sentir un abrazo amistoso, un beso, tener hijos, oler las frutas frescas en la plaza del mercado, escribir una carta, cantar un poema, untar sus pensamientos en las palabras y oírse a sí misma componiendo ideas abstractas con pinceladas briosas, tomarse un té de manzanilla cuando se le descompone el estómago, contemplarse al espejo complacida mientras peina sus cabellos largos.

Blanca miró los ojos opacos y no encontró reconocimiento. Aliviada, entró a la casa oscura donde la prima les preparaba café.

La Isla madre redimió su vitalidad y se hizo marco imperecedero de sus fantasías aladas. Aún la abuela se tranquilizó en la Isla. Quizás por los años que le pesaban con enfermedades variadas, quizás porque ya había perdido el último vestigio de lozanía y el marido quien yacía en su memoria en los brazos de su hija, la anciana no maltrataba a la nieta con palizas y aún los vituperios eran menos frecuentes. Por primera vez la anciana convirtió a la niña en una extensión de su ser, portadora de su belleza y juventud perdida, militante que agarraría sus ambiciones apagadas como estandarte y las llevaría orgullosa al horizonte. El mundo de la anciana se encogió. Ya no jugaba barajas con amigas, ni iba al cine, ni jugaba a la bolita, sino que la niña creció ante sus ojos hasta convertirse casi en un centro dentro del centro que era la anciana. Bernarda entonces controló cada segundo de vida de su nieta e hizo de la niña su razón de ser y de existir. Si la nieta hablaba de sus amiguitas en la escuela era reciamente corregida.

—Tú no tienes amigas— le decía—. Esas son compañeras de escuela. Tú única amiga soy yo.

Cuidaba de la niña dándole los únicos mimos de que era capaz, asegurándose así de una presencia imperecedera en su vida.

—La condenada solitaria otra vez— murmuraba cuando notaba la barriga de Blanca sobresaliendo desmesuradamente debajo de la falda escolar mientras parada frente al refrigerador se comía un pedazo de aguacate ennegrecido por el frío. Conocedora de remedios caseros, porque una vez había sido espiritista, le introducía una cuchara llena de aceite castor en la boca renuente de la niña bascosa.

—A ver si con ésto sueltas las lombrices. Te he dicho mil veces que no andes descalza por la tierra que las lombrices se meten por las plantas de los pies y después no hay quien las saque.

Examinando los efectos del aceite castor en la niña, decía:

—Y no vomites porque te doy otra cucharada.

Le llenaba las horas con mandados. Los martes después de clase Blanca se quitaba el uniforme colgándolo cuidadosamente en el ropero para que no se arrugase. Luego se tomaba un vaso de leche con un pedazo de pan de agua y salía nuevamente a encaramarse por las calles estrechas conduciéndola a la Avenida Eduardo Conde, evitando tropezar con los exhibicionistas que escondían sus órganos peludos detrás de periódicos o revistas, siempre al acecho de las niñas cuando salían de la escuela. La brea candente le punzaba las suelas de las chancletas y bajaba los callejones hacia el correo de Barrio Obrero. Allí cambiaba el giro postal enviado por Félix semanalmente manteniendo a Bernarda callada y lejos de su libertad. Los primeros domingos de cada mes, tomaba el autobús hasta la Avenida Ponce de León y Parada 19 desde donde emprendía un largo trecho que la conducía a El Fanguito, su lugar de nacimiento, con un paquete lleno de huevos del país, una libra de café, algunas verduras y diez dólares en el bolsillo para Mamá Paula, la madre de Bernarda. Era una centenaria quien vivía en un cuartucho alquilado con Lato, su hijo loco, quien andaba descalzo y se amarraba los calzones con una soga porque le tomó un odio acérrimo a los zapatos y las correas. Día tras día arranado en el piso, su cuerpo alto y flaco dibujaba ángulos, maldecía con todas las palabras soeces a su haber a la mujer responsable de su desequilibrio. Todos decían que la mujer le había echado un embrujo. Pero Lato era tranquilo. Sólo una vez, cuando aún era joven, tuvo un arrebato de ira. Salió al patio y agarrando la casucha en que vivía con su madre con la fuerza de un huracán, la hamaqueó profiriendo obscenidades, hasta que se lo llevaron al manicomio tan hacinado que Lato logró escapar regresando a la casa materna sin que nadie lo echara de menos. Los horrores sufridos en el manicomio lo humillaron de tal manera que quedó amansado para el resto de sus días.

Al ver a Blanca, Lato siempre le preguntaba: —¿Tú eres la nena de Benjamín, verdad?— Al ella asentir, Lato quedaba embelesado en su satisfacción afirmada, murmurando frases rotas.

Mamá Paula le preparaba un café que Blanca tomaba agradecida en la taza plástica rosada reservada para sus visitas. Lato, encargado de la limpieza, tomaba un trapo grande, lo remojaba en el barril metálico que afuera recogía la lluvia y limpiaba el piso de madera, agazapado. Luego enjuagaba el trapo varias veces, asegurándose de haber desechado todo el polvo, y lo exprimía con sus manos largas. Pasaba el paño nuevamente por el piso dejándolo seco.

Blanca disfrutaba de estas visitas mensuales. Mamá Paula, quien estaba casi ciega en un ojo por las cataratas, siempre la recibía con cariño. Pero Lato era el preferido de su corazón. Ese hombre enloquecido, con su pasado turbulento, había escapado de los sufrimientos de su pobreza, del trabajo sin fin y sin propósito del pobre, escondiéndose en las sombras coloreadas de un pasado que sólo él podía ver. Había algo de romántico en el cumplimiento de su destino, algo tierno en el recuerdo de esa mujer misteriosa que maldecía de continuo permaneciendo viva en su odio, que era una forma de amar. Pasarse un domingo en compañía de estos seres apabullados por sus destinos, cargando desde los campos de Manatí hasta El Fanguito el dolor de un hado agrietado, le permitía a Blanca asomarse fuera de su cautiverio.

Los mandados al colmado, la panadería, la farmacia, la deleitaban también a menos que la abuela, aburrida de la casa, decidiera salir con ella y aprovechar para conversar con los conocidos del barrio. A veces paraban a charlar con don Fermín, el dueño de la Joyería La Esmeralda, quien tomaba cursos nocturnos en la universidad y disfrutaba de discurrir con Blanca, a quien consideraba su par intelectual, sobre la cuarta dimensión. Blanca escuchaba sus pláticas extasiada. Cuando le prestó "La Llamarada" y "Doña Perfecta" su agradecimiento ya no vio linderos. Le decía a la abuela que tenía que leer todas esas novelas para la escuela y la anciana sospechosa le decía:

—Tú eres la única muchacha que tiene que leer tanto para la escuela. Ya verás que te vas a quedar ciega un día de éstos, o loca que es peor.

En una de sus incursiones conjuntas fueron a la Autoridad de las Fuentes Fluviales a protestar por la cuenta de electricidad que sobrepasó por mucho los estimados de Bernarda. La anciana se sentó junto al escritorio de una secretaria comenzando su protesta en voz calculadamente suave y pausada. La secretaria coloreteada miró a Blanca de reojo mientras ésta, parada al lado de la abuela, miraba hacia la calle, con cara de "ésto no es conmigo". Cotejó sus expedientes.

—Lo siento, señora— dijo—. Pero su cuenta está correcta. No puedo encontrar error alguno.

Antes de terminar la última sílaba, Bernarda ya había interpretado el mensaje de la secretaria por sus gestos y tono de voz. Musitó todos sus dotes de Sarah Bernhardt y con una agilidad que despertaría la envidia de cualquier gimnasta, se tiró al suelo contorsionándose en un charco de gritos y lágrimas. Blanca había presenciado estos ataques ya tantas veces y avergonzada se desplazó hacia un rincón mientras los empleados de la oficina rodeaban a la anciana cometida. Al rato salió de la oficina del gerente buscando a Blanca, quien casi no se veía aplastada contra la pared. Con la cuenta en la mano y una sonrisa socarrona, dijo:

—Ya resolví el asunto. Vámonos.

Algunas tardes cuando no había mucho que hacer después de los aje-
treos del día, subían las dos la Calle Laguna para hacerle la visita a Nanda,
sobrina y tocaya de la anciana, y su marido Lito, quien había sido bauti-
zado Daniel, llamado Danielito cuando niño, y para apresurar sus
llamadas le troncharon el nombre.

Nanda y Lito vivían muy acomodados en un mirador en la Calle
Fajardo que serpenteaba desde frente al cementerio hasta el arrabal de La
Playita y caía tronchada en la Laguna San José. Las casas más valiosas se
posaban orgullosas en la inclinación que subía a encontrarse con la
Avenida Eduardo Conde. Éstas eran todas de cemento. Lito levantaba y
tumbaba postes para la compañía de electricidad. Ganaba buen dinero,
pero era frugal. Compró una casita de cemento en la cual encaramó un
mirador de dos dormitorios y una terraza que miraba hacia un patio lleno
de matas de guineos, palos de aguacate y mangó y hasta un palo de corazón tenía. Era la única casa de dos pisos en la calle y desde el mirador se
veía la avenida. Nanda y Lito vivían arriba y alquilaban la planta de abajo.

La generosidad de Lito fue severamente coartada por los años de
pobreza en los campos de Manatí. Él pagaba personalmente todas las
cuentas del hogar, hasta el colmado y el ventorrillo de viandas. Cada centavo que Nanda necesitaba para sus gastos personales tenía que pedírselo
como pordiosera. Como su mujer tenía necesidades que Lito jamás pudo
imaginar, Nanda lavaba y planchaba ropa ajena, limpiaba casas y tejía y
bordaba manteles, trajes, blusas, hasta sobrecamas, para costearse sus gastos escasos. Asombraba observar a esta mujer, quien había sido campesina
por muchos años, sus dedos burdos encallecidos por el trabajo del campo
y la limpieza, creando pañuelitos tejidos tan delicados como copos de
nieve, que a ella no le parecían copos de nieve porque nunca había ido al
Norte. Así Nanda lograba comprarse telas en La Primavera y coserse vestidos, comprar el polvo y colorete requerido por sus infrecuentes salidas
domingueras. Varios abortos espontáneos desenlazaron en una esteriliza-
ción forzada dejando un vacío llenado parcialmente por un sato llamado
Bobi, adicto a las galletitas emparedadas y dado a correr ladrando a la
terraza en persecución de los automóviles cobardes que huían al escape al
escuchar sus ladridos envalentonados. Cuando su costumbre de treparse
y remenearse sobre las piernas de las visitas causaba demasiado bochor-

no, le pagaron con una botella de ron cañita al castrador del barrio para que le extirpara los testículos con un cuchillo de carnicero amolado. Nanda aún recordaba los aullidos horripilantes del perro torturado y cuánto vomitó al recoger la sangre. Lito, quien había asistido en la cirugía sobre la mesa de la cocina, se lavó las manos con jabón de pino y asistió al castrador en su empeño por ultimar el cañita esa noche.

Cada mañana a las cinco, Nanda se levantaba a prepararle el café y el pan a su marido, quien—no sabía ni hervir agua—y soñolienta le calentaba las sobras de la cena anterior para atiborrarlas en el termo del almuerzo. Lito no gastaba un centavo innecesario. Nunca fue dado a darse una cerveza a la hora de la salida ni a comprarle algún engañito a la mujer para mantenerla contenta. Era tan apretado como molúsculo asustado. Chiquito, pero rollizo de músculos, la buena comida que devoraba tres veces al día, sin contar las meriendas de las diez y las tres, lo mantenían contento. Tenía un arco de pelo detrás de la cabeza y un montoncito encima de la frente. Nanda le decía tres pelos de cariño. Nunca salía sin un sombrero de ala estrecha tapándole la calvicie que le daba el aspecto de lápiz con goma de borrar. No quería admitir que el astigmatismo lo había envejecido y usaba los espejuelos de lectura de su mujer en las raras ocasiones en que leía El Imparcial.

Se consideraba un humorista aunque sus chistes representaban más su chocarrería que su agudeza mental. Disfrutaba de asustar a las niñas del vecindario prendiéndose lagartijos de las orejas como aretes y saliendo del baño con un—me bañé con agua mojada— Si lo acusaban de dormirse mientras veía televisión, respondía:—No estaba dormido, me estaba mirando por dentro— y cuando iba al baño anunciaba que echaría una carta, celebrando con carcajadas bajas su humor. Solía zamparse el dedo meñique en las fosas nasales, costumbre que casi le cuesta caro. Fue al tribunal una vez a pagar una multa por alteración de la paz en una despedida de año en que, parrandero, disparó su revólver al cielo en celebración. Parado nervioso al lado de su abogado se sorprendió cuando el juez solemne le ordenó cesar y desistir de meterse el dedo en la nariz so pena de treinta días de cárcel por conducta irrespetuosa en un tribunal.

Tomaba cuatro tazas de café hirviendo al día y fumaba una cajetilla de cigarrillos sin filtro diaria. Su buena fortuna era tal que se pegó en la lotería en varias ocasiones con sumas suficientes para comprarse un cupé nuevo y una finca con ganado en Manatí. Pero siempre negaba su buena suerte, quizás por superstición, o por temor a los parásitos de la familia que seguramente le chuparían la sangre.

Nanda, con su cara redonda y chata, sus bustos grandes, sus caderas amplias y piernas robustas, musculosas, era el epítome de la campesina fuerte nacida para el trabajo duro y la maternidad múltiple. Su sentido moral no había sido esculpido por ninguna religión. Su única incursión a la Iglesia Católica ocurrió el día de su bautizo. Era una mujer decente, de su casa, quien se casó ante el juez virgen y ya nunca miró a otro hombre. Vestía con pudor, nunca experimentó un orgasmo y juzgaba a las demás mujeres del universo con sus principios estrechos. Sólo había dos tipos de mujeres en su esquema de valores: las honradas y las putas. En su ética no había lugar para términos medios, variaciones, fluctuaciones, dualidades. No existía la ética situacional. —Lo que es pan es pan y lo que es vino es vino— sentenciaba. Siguiendo su evaluación moral de las mujeres, eran pocas las que caían bajo el rúbrico de la mujer honrada, o bien por su manera de vestir o pintarse la cara, o por sus relaciones íntimas o amistosas con los hombres. Si una mujer era divorciada, inmediatamente caía bajo la categoría de puta porque estaba sola y ya no era virgen. Por algún proceso lógico un tanto nebuloso, las viudas eran exentas de estos criterios draconianos. Solía contarle a Blanca las catástrofes ocurridas a mujeres que se desviaban de lo que "Dios manda". Como aquella que tuvo la desgracia de concebir mientras menstruaba y el niño nació con cabeza de perro. Los hombres eran todos unos sinvergüenzas que solo querían una cosa, aprovecharse de las mujeres decentes. Nunca le explicó a Blanca en qué consistía ese aprovechamiento, que por sus lecturas ella sospechaba también podría proveer algún placer a la mujer, pero se conformaba con leerse "La Celestina" varias veces fascinada por las niñas desvirgadas, amores clandestinos y placeres escondidos en las sombras.

En ocasiones Nanda y Blanca salían a hacer diligencias mientras el sol encandilado levantaba humaradas sobre la brea negra lista a derretirse. Una tarde las dos caminaban lentamente bajo el calor. La cuarentona portaba una sombrilla azul acocada sobre la cabeza en protección. Los hombres les echaban flores especialmente a la jovencita. Nanda llegó al correo furiosa porque un baladrón le dijo, todo coqueto: —Adiós, china— a ella, que consideraba que no había raza más fea que la china.

—Ni siquiera los morenos americanos son tan feos—decía con su racismo usual.

Compró unos sellos postales mientras Blanca se entretenía leyendo los carteles portando los diez criminales más buscados por el FBI, luego pasaron a la Farmacia Imperial en busca de un frasco de agua de azahar porque los nervios de Nanda siempre estaban de punta. Blanca se tapó la nariz con un gesto de asco al pasar por el lado de Huele-Eter, el terror de todas las mujeres de Villa Palmeras y Barrio Obrero, combinados.

Este escombro humano se paraba en las esquinas agarrándose de la estabilidad de los postes. Como indicaba su nomenclatura, era adicto a oler éter y siempre portaba una navaja de afeitar afilada. Para el entretenimiento de los transeúntes dispuestos a pagar, se tajeaba los brazos y la cara. La medida y profundidad de sus tajos dependían del pago. Una peseta compraba un tajo corto. Con un dólar se conseguía un espectáculo bastante sangriento. Efluvios de éter, sangre seca y sudor viejo emanaban de su cuerpo tajeado serpenteando cicatrices. Sólo tenía un ojo porque el izquierdo se lo reventó un día con la punta de su navaja por una recompensa que debe haber sido extraordinaria. Huele-Eter, por estar continuamente anestesiado, no sentía dolor y al reírse de sus tajos y el horror causado a las mujeres, mostraba su encía bidental ennegrecida.

Nanda y Blanca se apresuraron a la farmacia. —Se me revuelca el estómago— decía Nanda mientras cerraba su sombrilla azul.

Capítulo XI

Blanca creció, sus hormonas femeninas inflándole los senos, ya erectos contra la tela de sus blusas, ensanchándole las caderas que empezaban a contonearse con los pasos como si el caminar le causara dificultad. La abuela en cambio, adquiría angina de pecho, alta presión y diabetes, pero aún con el glaucoma notaba cómo los jóvenes miraban a la nieta con ojos de gallo enfermo. Le advirtió a la niña sobre la maldad y la depravación del enamoramiento. Para asegurarse de que no cayera en las garras de la lujuria, la velaba cuando menos se esperaba a la hora de salida de la escuela, asegurándose así de que caminaría sola, como le había ordenado hacia la casa. —El que solo la hace solo la paga— le decía constantemente. Al salir de clases una tarde, Pablo acompañó a Blanca cargándole los libros, como era la costumbre de los gallardos incipientes del día. Chachareaban contentos por la Avenida Eduardo Conde absortos en el tarareo de su propia conversación. Repentinamente brotó la anciana detrás de un arbusto donde escondida velaba a su dije. Blandía una sombrilla negra como espada de sarraceno.

—¿Qué haces con mi nieta, canto de chingo? Coge para que escarmientes.

La anciana gritaba insultos mientras le aporreaba la cabeza y la espalda al infeliz muchacho. Pablo se escudó con los libros como mejor pudo y aprovechando una pausa de la anciana cansada, entregó los libros a Blanca y corrió calle abajo. Bernarda, jadeando, agarró a la nieta por la muñeca y casi la arrastra a la casa donde le dio un mojicón bajo la sombra de —el que solo la hace solo la paga— y —dime con quién andas y te diré quién eres—, refranes que Blanca no logró aplicar a la situación. Le tomó algunos años reponerse de esa y aunque se enamoraba constantemente, Blanca no se atrevió aceptar las proposiciones de los lotarios juveniles quienes le pedían el —sí— con insistencia.

El embrión congelado de odio que Blanca albergaba desde su niñez como un punto en la diéresis, se acaloró y comenzó a crecer hasta convertirse en mancha regada. Las hormonas pubertales incendiaron a Blanca toda, la arroparon de ira, la ataviaron en niebla de rencor, de inquina. La dulce niña, quien nunca le replicaba a la abuela y obedecía sus mandatos constantes sin protesta, embolsaba su odio iracundo como relicario. Frente a su abuela no osaba dar muestras de enojo y lograba frenar cualquier irritación que en presencia de la abuela se cubría con un manto de dulzura. Hasta toleraba los besos y caricias de la abuela sin mostrar el asco que le causaban, ahogando las memorias de los golpes e insultos que permanecían vivas, como destello de cucubanos, en su cerebro. Pero la ira es un trueno enjaulado que no puede embridarse por mucho tiempo sin que estalle en paroxismos desenfrenados. Sola en su habitación pequeña mientras la abuela dormía, el dique rompía con un rugido callado para no despertar testigos. La adolescente se mordía los brazos, se arañaba la cara, desgarraba sus vestidos, el trance fatigado apabullando su cara con puños ferales. Inmolación exigida por su odio, el pecado atroz de desear a la vieja muerta, enterrada, para respirar la libertad que saboreó una vez, furtivamente, de niña. El arrebato culminaba en gemidos mudos, Blanca acurrucada en el suelo, jadeante, escuchando los ladridos nocturnales de perros avizores.

Al día siguiente remedaba la ropa desgarrada, murmurando que se rascó la cara porque le picó un mosquito.

Tomó el autobús número Uno a las siete de la mañana en la esquina de la Eduardo Conde y Degetau. Acababa de planchar su uniforme azul y aunque había asientos disponibles no quiso sentarse por no arrugar su falda plisada y almidonada. Había otros estudiantes de la Escuela Superior Central en el autobús, los muchachos con pantalones grises y las muchachas con faldas azules parecidas a la de ella. Blanca llevaba un bolso grande donde cargaba lápices, un bolígrafo, un cuaderno y el emparedado de almuerzo. Al apearse del autobús vio la escalinata reluciente del edificio escolar subiendo altiva hacia una estructura amplia de tres pisos posada en medio de la Avenida Ponce de León. A la luz del sol tropical, la escuela parecía un monumento griego con sus columnas viriles manteniendo el edificio erecto como dios orgulloso. En el patio del frente árboles de almendro y tamarindo acogían con su sombra los bancos de cemento que siempre sentaban a estudiantes leyendo o conversando antes de entrar a clases.

Allí conoció a Felipe Rodríguez. Así se llamaba. Igual que el cantante famoso y al igual que su tocayo, este Felipe adolescente cantaba y tocaba la guitarra. Se amaron a escondidas, entre clases de Taquigrafía y Archivo que ella tomaba porque necesitaba un oficio que le permitiera ganarse la vida cuando asistiera a la Universidad. Siempre había buen trabajo para una buena secretaria, había oído decir. Además, el trabajo era limpio. En las asambleas Felipe cantaba "Nosotros" mientras la miraba enamorado y en la hora de almuerzo se escondían tras los almendros del patio trasero para saborearse los labios. A él le dolía su ausencia durante los fines de semana y tomaba el autobús, caminando luego calle abajo hacia la laguna en busca de la casa verde que guardaba su tesoro y a veces, si tenía suerte, lograba verla en el patio, doblada sobre una tina untando la ropa con jabón y estrujándola fuertemente sobre la tabla de lavar. Permanecía parado en la esquina oteándola hasta que aparecía la anciana a supervisar la obra de la nieta o a darle ropa adicional que había olvidado. Felipe dejó de amarla la noche en que murió en un accidente automovilístico y con su última expiración soltó todos sus recuerdos que revolotearon locos en la noche hasta que el peso de su propia libertad los arrastró a la tierra, donde enterrados, no vibraron más.

Blanca intentó olvidar el sueño de Felipe con un blanquito de Miramar, que por algún revés en la fortuna familiar provocado se sospechaba por un divorcio, asistía a escuela pública y no a los innumerables colegios católicos que satisfacían la necesidad de los blanquitos de codearse con su propia gente porque siendo rubios se entendían. Luis Esteban era alto, de pelo castaño y ojos verdes. Sus padres eran profesionales y su hermana mayor asistía a la Universidad. Acostumbraba visitar a sus novias, sacarlas al cine, escoltarlas a bailes, llevarlas a giras campestres en el automóvil de su madre. Como a Blanca no le permitían tener novio y mucho menos salir con uno, la relación se disolvió tan pronto Luis Esteban conoció una muchacha muy mona cuya familia pertenecía al Casino de Puerto Rico.

Fue la época en que Blanca se convirtió en Católica Apostólica Romana practicante. A pesar de las burlas de la abuela, quien odiaba a las monjas con pasión y a los curas aún más, Blanca iba todos los sábados a confesión, después de lavar, planchar y limpiar la casa. Los domingos asistía a la misa de las diez, sintiéndose un poco mareada por la necesidad de ayunar antes de la comunión. En los alrededores de la Iglesia, antes de que comenzara la misa, lograba conversar un rato con los Jóvenes de Acción Católica, especialmente con un muchacho altísimo, de ojos oscuros que la remiraba durante la misa. Aunque la abuela le permitía estas incursiones religiosas, nunca la autorizó a ser Hija de María, porque eso ya era—el colmo de las zanganerías.

Blanca se consideraba una buena Católica, no obstante, era cierto que su ardor religioso le ofrecía una oportunidad de salir por un rato cada sábado y cada domingo sin la compañía de la abuela quien juró nunca pisar una iglesia. Al regresar, la anciana la esperaba, meciéndose en el sillón del balcón.

—¿Qué dijeron los curas embusteros hoy, ah?

—Ay abuela, déjate de cosas. El sermón estuvo muy bueno.

—Esos curas son unos hipócritas. ¿A que pasaron las canastitas, verdad? Porque si no les dan chavos no están contentos. Y después dicen que el que no les da chavos está condenado.

—Pero abuela, ellos necesitan pagar renta y comer y vestir como todo el mundo.

—¡Mierda es! Lo que necesitan es cigarrillos y pagarle a las putas para que se acuesten con ellos.

—Abuela, no hables así, por Dios.

—Mira, esos curas y esas monjas no son ningunos santos. Tú sabes que en las noticias sale cada rato cómo las monjas salen preñadas y de quién van a salir preñadas si no es de los curas. Esos lo que tienen son casas del demonio. Fuman y beben y juegan y hacen de todo, todito. A mí no me engañan. Yo creía que tú eras más inteligente, pero parece que te lavaron el cerebro, esos canallas que cobran hasta por el bautizo de un pobre infeliz y si el padre no tiene el dinero, moro se queda el muchacho. Así son. Y todos son iguales, igualitos. Con esas sotanas y que haciéndose los santos.

Sólo en Semana Santa enfundaba sus ataques eclesiásticos, recogiéndose modosa para beneficio de sus vecinos. Para Bernarda las apariencias eran banderas que había que mantener limpias, cuidadas, para que no hubiese duda de lo que representaban. Por ésto, besaba el pan viejo antes de botarlo, sólo cocinaba bacalao los viernes de la cuaresma y en Semana

Santa escuchaba la música que llamaba —de muertos— en la radio que incluía la Novena Sinfonía de Beethoven con su Canto a la Alegría y las Fugas de Bach y permitía que Blanca fuese al cine para ver los Diez Mandamientos, que ya se sabía de memoria por verla todos los años. Por dárselas de mundana, después de todo había vivido en Nueva York durante veinte años, no se abstenía de los pequeños lujos como el consumir sólo mantequilla danesa, queso de bola holandés y bañarse con jabón de sándalo. Pero aún con su deseo ferviente de mantener las apariencias a como diera lugar, Bernarda no pisaba una iglesia. Una cosa era lidiar con Dios directamente, como ella lo hacía respetando su nombre, aunque de vez en cuando se le zafaba una maldición a la hostia. Otra cosa era codearse con los clérigos hipócritas que de acuerdo a sus observaciones limitadas, sólo se interesaban por la buena vida y aprovecharse de la estupidez de sus feligreses. Por una superstición honda e inalcanzable, permitía la asistencia de Blanca a la iglesia aunque de buena gana le hubiese encantado prohibírselo terminantemente. Trataría, no obstante, de deshacer el lavado de cerebro que estaba convencida había sufrido la nieta.

La cantaleta dominical era como oír llover para Blanca. Se quitaba la ropa dominguera, mientras la abuela anciana aullaba, y preparaba el almuerzo para luego acompañarla a casa de Nanda donde pasarían el domingo, los adultos platicando o viendo Bonanza en la televisión mientras Blanca soñaba con pajaritos preñados o se leía "La Celestina". Frecuentemente aparecía algún amigo de Lito a tomarse un café con queso de papa o darse una cerveza fría. Uno de estos amigos era Goyito, un chofer de carro público. Era un armatoste de hombre, cuya barriga le colgaba sobre la correa de los pantalones y no podía verse los pies. Goyito era dado a contar ristras de chistes, los que disfrutaba a plenitud. Cuando reía, sus cachetes gordos se le trepaban sobre la cara tapándole los ojos. Al conducir su automóvil público en la ruta de Santurce a Río Piedras, solía distraerse contando anécdotas jocosas y atacado por su propia hilaridad reía a carcajadas levantando las mejillas gordas y sacudiendo la panza. Los pasajeros le gritaban asustados: —No te rías, Goyito, no te rías— Temían por sus vidas cada vez que los cachetes rollizos de Goyito le devoraban los ojos. Pero el terror mayor de los pasajeros en la ruta de Santurce a Río Piedras, no era el chistoso de Goyito, sino Mecho, el chofer suicida, quien cuando menos se esperaba era atacado por una melancolía misteriosa. Ya había conducido su automóvil sobre un risco logrando sólo fracturarse una pierna y la clavícula.

A las nueve de la noche, después de Bonanza, la nieta y la abuela regresaban por los callejones a la casa y la anciana se echaba en la hamaca tirando de una cuerda amarrada de la pared para mecerse. Allí se cantaba a sí misma y pensaba en cosas pasadas, porque a su edad sólo el pasado cuenta, hasta quedarse dormida. A las diez Blanca la ayudaba a acostarse en su cama, planchando su uniforme escolar para el próximo día y escribía notas en su diario, tarea un tanto estéril dada la predicibilidad de su vida. Escribía en inglés, el idioma secreto que nadie a su alrededor dominaba, y luego escondía el diario debajo de sus cancanes para que la abuela, quien aún mantenía las fuerzas para husmearlo todo, no lo encontrara y si lo encontraba, no lo entendiera.

Acostada en la cama antes de dormirse Blanca escuchaba las risotadas de los mozalbetes que solían tirarles pedradas a los perros copulando para verlos correr azorados y enyuntados por los callejones.

La señorita Ortiz vivía locamente enamorada de Lope de Vega.

—Ah— suspiraba hondo interrumpiendo la narración biográfica de su ídolo —de haber vivido en la epoca de Lope de Vega, hubiese caído en sus redes— y revoloteaba las pestañas.

Cosa que todos dudaban muchísimo, ya que la señorita Ortiz carecía de cualquier encanto femenino que pudiese atraer a un aventurero amoroso como lo era su adorado Lope. Era pequeñita, con una cabeza desproporcionadamente grande y las arrugas de la cara le bajaban hasta las manos largas, también grandes y secas punteadas por uñas afiladas y esmaltadas de rojo.

Impartía el pánico entre sus alumnos porque solía disparar preguntas sorpresivas de profundidad filosófica sobre las motivaciones de los personajes estudiados o sus autores. Una mañana en que discurría sobre la temible Doña Bárbara, preguntó a rompe y raja si el amor siempre iba vinculado a los celos. Los estudiantes, incómodos, se miraban las manos, o el pupitre ajeno, sin atreverse a mover músculo alguno, movimiento que se pudiese malinterpretar como deseo de responder a la pregunta. Blanca miraba su cuaderno abierto. Aunque formó una opinión al respecto, temblaba de pavor ante la maestra quien solía burlarse de contestaciones equivocadas, como el día en que Manolo llamó a

Cervantes el ñoco de Lepanto y lo echó del salón bajo un barullo de insultos. Blanca sintió una mirada pesada taladrarle la corona de la cabeza y el corazón le dio un vuelco cuando oyó la voz ya burlona en anticipación de su respuesta:

—Bueno Blanca, tú siempre estás sentada ahí sin decir media palabra. ¿Qué tú opinas?

"Ahora sí" pensó Blanca. "Llegó mi ruina, mi perdición total".

Los demás alumnos respiraron al unísono, aliviados de que no fueran ellos las víctimas.

Blanca se levantó lentamente de su pupitre y apretándose los dedos uno a uno como asegurándose de su existencia, lanzó su ponencia sobre la significación verdadera de los celos en una relación amorosa y su opinión de que los celos sólo existían en personas con baja opinión propia. Mientras Blanca hablaba, convencida de la irrefutabilidad de sus argumentos y ganando más confianza a medida que avanzaba en su expresión, la burla anticipada de su maestra se disolvió en una sorpresa pasmada. Su sonrisa abrazó a Blanca cuyas rodillas casi no la sostienen al terminar su discurso y sentarse. Cuando sonó la campana al final del período, Blanca sabía que se la había ganado.

Salieron hacia el salón de taquigrafía. Cuca, su mejor amiga en esos días, la esperaba en el pasillo. Era chiquita, le llamaban "cómeme" por sus dientes protuberantes, y aunque nunca había tenido novio, siempre andaba enamorada.

—Vi a Carlos cuando salí de la oficina. Ay, qué chulito está hoy, si lo vieras.

—¿Qué hacías en la oficina? No me digas que todavía andas detrás de Míster Morales.

—Me dijeron que la secretaria no estaba, así es que me aproveché, me le metí en la oficina y me inventé un cuento de que mi mamá quería hacer una cita para verlo.

—Cuca ¿cómo te atreves decirle mentiras al principal? Pero, dime, dime ¿qué pasó entonces?

—Pues, ya que insistes, me dijo que la secretaria le hacía todas las citas, que viniera mañana y hablara con ella. Ay, Blanca, pero me miró con esos ojitos negros tan penetrantes que me llegaron al alma. Estoy loca, loquita por él.

—Tú sabes que es caso perdido. Tienes una rival muy poderosa.

—¿Quién, Misis Cuevas?

—La mismita.

—Yo no me preocupo por ella. Está casada, así es que es un amor imposible.

—Él es casado también. ¿No viste los retratos de la esposa y los hijos que tiene sobre el escritorio?

—No me importa, yo lo adoro y lo adoraré siempre.

Sacó un papel agrietado de tantos dobleces que guardaba en el bolsillo de su uniforme.

—Mira, le escribí un poema, a la Bécquer. Pero no me atrevo dárselo.

La conspiración las unió más.

—Ya sé lo que puedes hacer. Mándaselo anónimo por correo y así no tiene que saber quién se lo mandó.

—¿Y si se cree que fue la Misis Cuevas esa?

—Cuando le pregunte, ella le dirá que no fue ella. Es todo. ¿Qué tú crees?

—Buena idea. Cuando salgamos de clase, voy a comprar un sello y un sobre y le mando el poema. Ojalá le guste. Tómalo y léelo en la clase y dime si te gusta.

Entraron al salón de taquigrafía con la señora Mojica, una mujer rolliza, quien les aconsejaba a las muchachas continuamente que nunca se cambiaran los apellidos al casarse porque si se divorciaban luego era una molestia enorme tener que cambiar la licencia de conducir, la tarjeta de seguro social y demás documentos oficiales. Ella sabía de lo que hablaba, ya se había casado tres veces y aunque sus maridos cambiaban, ella siempre era la misma: la señora Mojica. Hasta la muerte, decía.

Practicaron garabatos durante casi una hora con sus plumas fuentes. Tomaron dictado y Blanca, quien siempre fue un poco lenta dibujando sus signos taquigráficos, terminaba último, pero lograba recordar lo dictado y completar su carta.

Chachareando llegaron a la clase de mecanografía preguntándose cómo sería la maestra sustituta ese día. Todas callaron al ver que la señorita Ortega había regresado después de un mes en el manicomio. La encontraron una tarde encaramada en un pupitre destornillando las bombillas y colocándolas cuidadosamente en una cesta grande mientras, contentísima, describía cómo sembraría sus bulbos de tulipanes, como en Holanda.

Guardaba una caja de chocolates suizos en su escritorio y entre clases sacaba subrepticiamente un bombón y lo masticaba rápidamente antes de que llegaran los alumnos. Se limpiaba los dientes con la lengua cuando entró la clase. Las niñas reían nerviosas al ver a la maestra de ojos grandes. Se sentaron ante sus maquinillas. Decían que Colón las había traído a Puerto Rico en su primer viaje de tan viejas que eran. Juanita colocó los dedos fuera de posición en el teclado y lo que mecanografió fue una ristra de letras sin sentido porque la maestra no les permitía mirar el teclado en ningún momento. A Blanca se le atascaron los dedos entre las teclas de su Remington y con mucha dificultad pudo extraerlos. Una risería mullida comenzó a descargarse entre las niñas que rodeaban a Blanca hasta que la señorita Ortega, con sus ojos grandes y negros, las traspasó con la mirada. Temerosas de provocar algún ataque, continuaron su trabajo sin mirar a la maestra aunque a Blanca casi se le fractura el meñique cuando quedó apresado entre la ñ y el acento. Menos mal que después de esta clase le tocaba Historia Universal, su favorita, que aunque a veces la enseñaba una maestrita practicante muy nerviosa e inexperta, Blanca caía irresistiblemente embelesada con las hazañas de los macedonios.

Llegó a la casa esa tarde pensando en Andrés, su nuevo enamorado. Caminaba lentamente respirando el aire libre de la calle, escuchando los niños gritándose por alguna travesura. Saludó a don Nicanor quien subía hacia la avenida.

—Bendición, abuela— dijo al entrar por la puerta.

Bernarda se limpiaba los ojos con un pañuelo mientras se mecía en el sillón de la sala.

—¿Por qué estás llorando? ¿Qué te pasó?

—Ay, qué desgracia, hija mía, qué desgracia la que ha pasado. No cesan las desgracias en mi vida, no cesan nunca. Hasta cuándo, Dios mío, hasta cuándo— sollozando se levantó del sillón.

—Siéntate, abuela, y dime ¿qué ha pasado? ¿Por qué estás tan alterada?—

—Toña, la hija de Chebo, vino a darme la noticia. Está en todos los periódicos, me dijo—

La noticia era macabra. Chebo, el hermano de Bernarda tuvo una familia numerosa. De sus seis hijos varones, cinco habían quebrantado la ley, de una manera u otra. Algunos eran adictos a drogas, otros eran ladrones y otros participaban de ambas actividades. Sólo Héctor, el mayor, se mantuvo dentro de los confines de la ley trabajando, viviendo con sus padres, suplementando la pensión de éstos con su salario. Ahorró lo suficiente para comprarles una casita en una urbanización de Bayamón. En esta casa vivían Héctor, Chebo y su esposa Mercedes, y una adolescente que criaron los tres luego de que la madre la abandonara para irse a Nueva York cuando arrestaron al padre, uno de los hijos de Chebo, un ratero y adicto a las drogas. Desde entonces Chebo y Mercedes se hicieron cargo de la nieta, con la ayuda de Héctor, el tío de la niña y su padrino.

La niña se llamaba Margarita. Era una quinceañera dulce y obediente, de piel quemada, quien soñaba en convertirse en pediatra. Asistía a la escuela secundaria del barrio y pertenecía al escuadrón de batuteras de la escuela. Su padre biológico salió del presidio estatal, donde cumplía una sentencia por posesión de drogas narcóticas, en libertad bajo palabra, y se unió a la familia en la casita de Bayamón. La tranquilidad se disipó con la presencia del hombre. Le molestaban las salidas de Margarita a practicar con su batuta en las tardes. No quería permitirle asistir a las fiestecitas de adolescentes celebradas en el barrio. La velaba como un halcón y aunque la niña siempre fue respetuosa, pedía permiso a sus abuelos o tío para sus salidas ignorando las prohibiciones del padre.

Un sábado la invitaron a una fiesta de cumpleaños. El padre le prohibió su asistencia. Mercedes le informó que él no tenía derecho a prohibirle nada porque la verdadera madre de esa niña era ella quien la había criado desde que era una bebita de pecho. Margarita salió esa noche vestida con un traje azul añil apretadito al talle con una falda amplia que murmuraba al caminar con sus tacones. El padre la veló rabioso por la ventana de celosía mientras la jovencita caminaba calle abajo con sus amigas.

Todos se acostaron a dormir como a las diez, menos el padre de Margarita quien esperaba fumando en la oscuridad de la sala apagada, velando la llegada de la muchacha por una ventana abierta.

Llegó a las doce. Su padre apagó el cigarrillo. Ella no lo vio y fue a la cocina a tomarse un vaso de agua antes de acostarse. Se desvistió en el baño poniéndose su camisón de dormir y cepillándose los dientes. No vio a su padre entrar y salir de la cocina. Entró a su dormitorio, cerró la puerta y se acostó dejándose empujar poco a poco por los recuerdos de esa noche perfecta en que bailó con los jóvenes más guapos del barrio después de que todos se apresuraban a acercársele cuando comenzaba una pieza. Estaba casi dormida. Posada su conciencia ante la penumbra que conduce al lago silencioso y profundo, escuchó como en un sueño cuando la puerta se abrió y unos pasos se le acercaron. Dentro de la penumbra soñó un aviso estridente y nadó hasta la orilla de su conciencia, ya demasiado tarde.

Gritó cuando su padre, una sombra corpulenta, cayó sobre ella con un cuchillo resplandeciéndole en el puño, buscándola entre las sábanas. Gritó y pataleó cuando su padre intentó penetrarla con su órgano oscuro, su aliento pesado jadeándole en la cara. Entonces sintió un bache mojado en la espalda. Gritó mientras él la penetraba y la apuñalaba, sus ojos centellas y los de ella abiertos como una calavera. Gritó mientras Héctor se precipitó al cuarto en su defensa. Cuando su tío cayó al suelo con chorros de sangre brotándole del pecho, aceptó su derrota y murió. Aún cuando ya no luchó, su padre le enterró dieciséis puñaladas y en el charco de sangre que era su lecho, logró al fin satisfacer su motivación bestial con la niña de ojos abiertos.

Los abuelos se levantaron con el cantío de los gallos. La sordera anciana les impidió testificar el horror de la noche hasta que la luz del sol apuntó hacia los asesinados. Los ancianos gritaron abrazándose para no dejarse caer. El asesino escapó en la noche y lo arrestaron poco después del mediodía.

En el día caldeado de los entierros, Blanca observaba los ritos de lejos tapándose la cara con su mantilla negra. A través de la calina vio que su abuela caía al suelo en lo que parecía un soponcio. "Debe haberle afectado mucho esta tragedia" pensó Blanca al acercarse. Algunos familiares rodeaban a la mujer caída, mientras maldecían a los mozalbetes que encaramados sobre una verja que lindaba el cementerio, lanzaban piedras irrespetuosas a los dolientes, alcanzando a Bernarda en la frente con una pedrada certera. Bernarda yacía en el suelo removido, una gran protuberancia saltándole de la frente.

Capítulo XII

El triquitraque de un silenciador arrastrándose por el pavimento se encajó en un fragmento de su cerebro dormido y carraspeante abrió sus sentidos calmosos a voces, taconeos y bocinas. Pausadamente entraron con los sonidos la luz opaca que se asomaba por la ventana y un olor a alcohol que se derramó en su conciencia despertándole de un tirón.

Soñó con él anoche. Otra vez ese hombre en acecho. Puños van, puños vienen, golpes van, golpes vienen, fuetes van, fuetes vienen. Sin embargo, no recordaba detalles de lo soñado. Sólo quedaba en su cerebro la imagen de un pasado lejano, borrado con esponjas.

En ocasiones, inesperadamente, emergía un pedazo de recuerdo, como trozo de rompecabezas pictórico. A veces era fotografía desgarrada en pedazos minúsculos que luego se combinaban como reflexión ondulante en el agua. Si movía la cabeza la fotografía se desorganizaba revuelta y ella colocaba todos los pedazos, que eran miles, en su lugar otra vez para formar un nuevo retrato. Las vetas toscas mantenían el retrato siempre fragmentado.

Conoció al hombre de su pesadilla inquieta hace tantos años cuando su retrato era un lienzo casi íntegro.

El trabajo nunca le fue un extraño a Blanca, quien a pesar de los merengues del día que le dejaban el trabajo al buey, laboró desde los catorce años en las tardes y los sábados en una tienda de ropa femenina en Barrio Obrero llamada muy masculinamente Franklins. Sus pies planos gritaban enconados de permanecer de pie todo el día, atendiendo clientes, arreglando mercancía, llenando facturas. El trabajo era tedioso, especialmente en días de inventario. Pero con el dinero ganado lograba comprarse los artículos necesarios para la higiene femenina adolescente que siendo tan compleja requiere potes y frascos y lascas y colores y olores todos mezclados con el cuidado de un farmacéutico y aplicados con la delicadeza de alas de mariposa. También con el dinerito adicional, logró pagarse clases de manejo en una escuela del barrio, sacando su licencia de conducir a los dieciséis años, con el permiso de la abuela, quien planificaba los lugares a visitar cuando la joven terminara sus estudios y trabajara de secretaria de un banco y comprara un carrito, usado por supuesto.

Pero Blanca tuvo la mala suerte de darse con un maestro de conducir alto, bien parecido, trigueño, con la lujuria incrustada en sus ojos amarillos. Miraba a la adolescente de arriba a abajo calculando sus medidas insinuadas a través de su blusita de algodón y falda de campana, imaginando el color de sus aureolas, saboreándose el olor a vagina virginal que emanaba de sus poros. Las mejillas de la joven se encendían cuando la mano del hombre rozaba la suya firmemente agarrada al volante. El hombre era casado, anatema pura, y mayor, podía ser su padre. Pero era fuerte como unicornio enfurecido y la esperaba en las tardes como leopardo hambriento.

Una tarde la llevó a un lugar solitario. Al ella huir de sus intenciones, el hombre en acecho prorrumpió en golpes huecos. Puño de acanto, puño de lanza, puño feral, cábala ciega. Los gritos estrangulados cayeron en la fuerza macabra de un círculo de fuego. Lucha, penetración, desgarramiento, sacudidas, vorágines encandiladas, jadeos. Perdió las fuerzas para luchar y ya sólo sintió la bestia que encima le galopaba.

El hombre habló y no entendiendo lo que dijo, Blanca abrió los ojos adoloridos. Negándose a mirarlo observó con detenimiento una botella de cerveza vacía que alguien descartó en la maleza. Al lado yacían sus prendas interiores desgarradas. Entre la niebla de su pensamiento adormecido, escuchaba la voz del hombre diciéndole que estaba buena, llamándola mamita y sintió un asco brotarle de los poros como sudor. También sintió un odio enconado calentarle el pecho, pero sofocó su ira ante el temor de otro ataque.

Una punzada se aferró de Blanca cuando intentó levantarse. Le escocían las sombras que las bofetadas le dejaron, tenía un labio partido con sabor salado y le ardía fuego entre sus piernas.

Cayó en un dique lleno de arañas donde los gritos goteaban dentro de un charco de fango rojo. La cabeza desprendida como cometa huidizo se llenaba de telarañas y sentía su cuerpo, cada vez más lejano, sacudiendo las gotas de gritos que le chorreaban deslizándose caliginosas entre sus pelos parados de punta.

El cuerpo descabezado palpaba la oscuridad buscándose entre arañas y telas gomosas. Encontró una máscara que se dejó tantear y se pareció tanto a su cabeza que se la incrustó dentro del cuello y ya dejó de buscar. Sentada sobre una roca de brea sintió fuego bajo los brazos, en la ingle, en los oídos. Un escalofrío la hizo temblar hasta que soltó la piel empollada.

La crisálida se hizo cigarra.

—No te hagas la changa, coño— gritaba el hombre—. No me vengas con desmayitos ahora. Mira que mi mujer me está esperando. Párate, carajo.

Blanca se incorporó y por primera vez le miró a la cara. El hombre desvió su mirada nerviosamente porque en algún resquicio profundo de esos ojos de niña vio un hueco insondable.

Pero no la dejó de acechar. Apuró sus aromas de virgen alocada, de cigarra enajenada, de dulce púbico batido con nácar y su lujuria por ella se convirtió en obsesión. Ya no hubo deseos de otras en su pelvis oscura. La necesitaba todos los días y si no lograba usarla, se masturbaba furiosamente con sus aureolas rosadas hincadas en el cerebro. Sólo quería oler de sus axilas, saborear su pubis, hozar como jabalí su piel tan tibia, su piel tan suave que le corrían punzadas desde el estómago hasta la ingle causándole una erección gorda, insistente, desesperada que estallaba en fragmentos de chorros blancos, no sabía si dentro del corazón o del cerebro. Quería usarla, usarla una y otra vez, restregándole el pene borboteando chorros en esa cara redonda de virgen manchada. Le amasaba los senos, la barriga curva, como lavandera apresurada. Le chupaba los jugos desde la frente, que siempre estaba salpicada de diminutas gotas saladas, hasta la planta de los pies húmedos. Hurgaba cada vez más profundamente con su miembro ciego, buscando la paz que apagara su desesperante adipsia, su necesidad imperecederamente encendida. Hurgaba hondo, hurgaba fuerte, hurgaba largo, hurgaba hasta que su furia cuarteaba produciendo un descanso breve. Pero su escozor jamás dormía y aún agotado taladraba, barrenaba, horadaba con su pensamiento y ya no hubo descanso en sus días ni en sus noches.

Para poderla usar tuvo que tapar sus huecos de frío. La tomó como maestro paciente y le despertó los poros que dormían hambrientos. La tomó como una guitarra, afinando sus cuerdas con la cabeza ladeada para escuchar mejor la melodía que pellizcaba lento. Guardó sus notas en la memoria, tocando las más dulces, relajando las tirantes hasta que en un crescendo la melodía que arrancaba sólo él la podía arrancar. Blanca se dejó tocar.

Primero por temor. Le atemorizaba este hombre corpulento que la trataba con desdén, sin respeto, como un trapo de lavar autos. Con amenazas de palizas, de contarle a la abuela su supuesta caída al putaísmo, la mantuvo callada durante su embestida constante. Por miedo se dejó usar y mientras la usaba ella nutrió su odio oscuro.

Pero poco a poco la hizo suya. Aún con su odio y sus huecos de frío que no se tapaban fácilmente. Con su reclamo sexual que Blanca confundió, al fin, con amor, la usó como guitarra, despertando en ella melodías candentes que la hacían olvidar la celda solitaria con su carcelaria anciana, sus esperanzas mancilladas por la realidad que desde El Fanguito arrastró dentro de ella y la religión que nunca le ofreció solaz verdadero. Sin otro punto de referencia, Blanca creyó estar enamorada de este hombre de ojos amarillos que la hacía sentir cosquilleos extraños, que la alzaba por las caderas para penetrarla como desesperado y no paraba hasta que el roce de su miembro hinchado de hambre de leopardo la impulsaba, casi sin quererlo, a un estallido enloquecedor que luego le repugnaba.

Sentía el amor en el pubis, en la matriz, pero en su corazón sólo albergaba un odio tan callado que se olvidó de su existencia.

El sexo era la trabazón que unía al hombre de ojos de leopardo a la madriguera mojada. Mantenían conversaciones triviales de camino a los moteles de Isla Verde. Al entrar hacia las cabañas escondidas, ella se acostaba en el asiento trasero para que ojos averiguados no los detectaran juntos. Ya dentro de la cabaña sólo se escuchaban jadeos, gritos desnudos, hambre que producía más hambre cuando era satisfecha, galopes desbocados, sudor rodando por cuestas, lapachares bajo las ancas, abrazos ciegos como saetas confundidas, chasquidos desencajados.

De regreso, ambos agotados, hablaban sobre el calor de agosto o la lluvia de mayo y planificaban su próxima salida que debería ser pronto, muy pronto.

—Porque no aguanto mucho— le decía él.

—Pero mira, mi abuela va a sospechar.

—No te apures que esa vieja está chocha ya.

—No, no. Está vieja, pero cada día está más sospechosa. Ya no sé qué embustes decirle para que me deje salir. Le digo que tengo que ir a la biblioteca a hacer una tarea especial o que tengo que quedarme después de clase para practicar en la maquinilla, que tengo que trabajar en la tienda hasta tarde, que voy a la iglesia. Ya no sé qué más inventarme.

—Sigue inventando los cuentos que tengas porque tenemos que vernos más a menudo. Lo que tenemos que hacer es pensar en alguna manera de vernos los fines de semana también.

—No, eso es imposible, no puede ser.

Y los ojos amarillos del leopardo se encendieron de hambre nuevamente.

—Ya sé lo que vamos a hacer. Los sábados por la noche, tarde, cuando la vieja y los vecinos estén durmiendo, a eso de las once o las doce, yo te tiro una piedrecita contra la ventana de tu cuarto. Entonces tú sabes que llegué y me abres la puerta de atrás. Lo hacemos en tu cuarto, calladitos, y así puedo pasarme el domingo más tranquilo.

Blanca se asustó al escuchar este plan descabellado.

—No, es imposible. ¿Qué pasa si se despierta? Ella tiene el sueño liviano. Nos puede oír.

Pero el hombre acalló sus protestas con un dedo hurgador y ella, necesitada, soñó con cosas posibles.

—Bueno, a la verdad que está medio sorda.

—Mañana por la noche entonces, mamita.

El show de Luis Vigoreaux y Lydia Echevarría terminó a las diez. La anciana apagó el televisor y se acostó. Desde su cuarto, Blanca sintió la respiración profunda convertirse en ronquidos largos. A las once oyó el trac de una piedrecilla golpeando su ventana de celosía. Con el corazón enloquecido de miedo y anticipación salió en puntillas hacia la cocina. Abrió la puerta trasera. El hombre sigiloso la acompañó al cuarto. Se desvistió como centella hambrienta y cayó en la cama estrecha arrancándole el camisón de dormir. La exploró mientras ella arqueaba las ancas llevándola al borde de un abismo ciego. Temió que sus gemidos despertaran a la anciana. Escuchó los ronquidos que había olvidado y reanudó su embestida honda. Galoparon más rápidamente, el túnel mojado clamando, la cérviz hambrienta con boca abierta. Le subió una cosquilla desde las rodillas, culebreándose hasta la pelvis activa que galopaba al paso del hombre. Sintió su túnel hincharse. Galoparon ya desenfrenadamente en un hoyo cerrado, los vellos del hombre frotándole con su candela negra. El cosquilleo le arropó los brazos, el pecho, la espalda. Con los pelos parados de punta, espasmódica, se sacudió, contrayendo, apretando, ordeñando hasta precipitar el descargo en su bóveda henchida.

Los ronquidos de la anciana los sacó de la hondonada.

Pasó un mes y otro. El reloj avizor de su útero se detuvo recóndito. Descubrió su embarazo en medio de mañanas nauseabundas, vértigos continuos y la desaparición del menstruo. Durante dos meses untó sus toallas sanitarias con mercurio cromo y yodo para satisfacer las inspecciones mensuales de la anciana. El hombre no se amilanó. Le gustaban los senos más duros y redondos. No le preocupaba el mañana, nunca consideraba los efectos de sus actos. Nunca miraba hacia el lado con sus ojos de leopardo. Seguía sus instintos todos dirigidos a satisfacer sus placeres y necesidades, sin pesar las consecuencias. No había consecuencias para sus actos. Por eso tenía tres hijos. Por eso en una fiesta cuando miró hacia uno de los dormitorios y vio una mujer joven tirada en la cama embriagada, sintió la erección inmediata, entró al cuarto cerrando la puerta con seguro, y se le abalanzó hambriento. Luego se limpió la sangre y el semen con un pañuelo blanco y bailó hasta el amanecer.

El hombre tenía un amigo bien versado en cosas de mujeres. Le recomendó tisanas de hojas de aguacate. Blanca aprovechaba las siestas de la abuela para tomar la decocción, pero sólo resultó en un endémico poderoso. La dismenorrea perduró.

Otro amigo conocía un farmacéutico que inyectaba una solución poderosa para arrancar el período. Todos los días, al salir Blanca de la tienda, el hombre la recogía para llevarla por un callejón oscuro hasta la puerta trasera de la farmacia y allí se subía el traje, bajaba los calzoncitos en un rincón del almacén de mercancía y parada como una yegua con las ancas al aire, el hombre enterraba la aguja en una nalga. El líquido espeso se escurría lentamente de la jeringuilla y el dolor le calaba el estómago y el pecho hasta que casi desmaya. Tenía las nalgas negras de moretones y el hombre casi la tiene que cargar hasta el carro. Pero el menstruo no llegó y Blanca cada noche dormía menos, cada día producía menos en la escuela y en el trabajo. Se daba golpes en la barriga, se tiraba por las escaleras, pero el embrión aferrado, se negaba a salir.

El amigo del hombre le dijo:

—Si el muchacho no sale, vas a tener que tomar medidas drásticas. Eso te va costar dinero, sabes—Y le hicieron una cita. Ella tomó un autobús hasta la Parada 23, subió unas escaleras crujientes y entró en un mirador de madera, su pintura turquesa descascarándose. Una recepcionista la esperaba en una sala pequeña y oliente a humedad encerrada.

—Siéntate, mija, que el doctor está con otra paciente, pero te va a ver enseguida.

Blanca se sentó en una butaca forrada de hule anaranjado veteado de sucio. Sumida en pensamientos oscuros, le rogó desesperada a San Judas Tadeo que la ayudara con este imposible. Porque la abuela, si se entera, se moriría de rabia. Seguramente le daría un ataque cardíaco si sabe que su niña virginal está cargando el retoño de un hombre casado y muerto de hambre.

—Hazlo por ella, San Judas Tadeo, no por mí que no merezco favor alguno. Te prometo diez rosarios, dos novenas e ir a misa todos los domingos.

Mas no pudo hacer la promesa más difícil. Ni siquiera se le ocurrió no ver al hombre porque su hambre atroz estaba tan incrustada en todos los poros de su cuerpo como hierba sembrada en la tierra.

El médico confirmó el embarazo. Eso ya lo sabía, dijo Blanca, y le explicó su situación. Necesitaba un aborto a como diera lugar.

El doctor la miró con desdén.

—¿Quién te dijo que vinieras aquí?— le preguntó.

—Un amigo.

—Pues, mi'jita, o pares o revientas porque en Puerto Rico, por si no lo sabías, los abortos son ilegales. Así es que lárgate con tu barriga a otra parte.

Blanca caminó en la desesperación gris de su vacío. Era su última esperanza. Tendría que matarse, un suicidio era preferible a un confrontamiento con la abuela, que seguramente se desataría en una o dos muertes de todas maneras.

No dormía, y se obligaba a comer lo necesario para no levantar las sospechas de la abuela aunque después de cada comida iba al baño a vomitar. La anciana no veía bien y Blanca ingeniosamente pudo pasar las inspecciones de las toallas sanitarias que desde que empezó a menstruar a los doce años la abuela le hacía todos los meses para asegurarse, según ella, de que la sangre era colorada y no presentaba problemas de salud.

Milagrosamente, hacía unos meses había dejado de inspeccionarle la vagina para asegurarse, como ginecóloga astuta, de que no estaba correteando con algún hombre, o coartar cualquier impulso que tuviera la nieta de hacerlo. Las inspecciones ocurrían siempre por la tarde, antes de que oscureciera. La mandaba a su cama, donde Blanca se elevaba la falda, quitándose los calzoncitos y acostada, abría las piernas como tijera abierta. La anciana se ajustaba los espejuelos y con el ceño fruncido le agarraba los muslos abriéndolos hasta que la vagina revelada desplegara su suavidad interior. Mientras la examinaba, Blanca se tapaba la cara con su almohada. La examinadora miraba lo que vino a mirar, le soltaba los muslos que ardían con huellas dactilares rojísimas y a veces las uñas largas y duras de la anciana se le enterraban en la piel suave del interior de los muslos causándole un escozor por días. Blanca no sabía qué era lo que buscaba la anciana, qué señal podría haber de que había perdido la virginidad. Lo único que sabía a ciencia cierta era que después de contraer una enfermedad en las encías y haber necesitado la extracción de todos los dientes, la anciana, sin explicación alguna, cesó sus inspecciones ginecológicas.

El hombre exploró los resquicios mundanos de su barrio. Le dio las noticias en un motel.

—Hay una vieja en Caguas que hace trabajos de ésos. Un tipo que trabaja conmigo va a hablar con ella porque son vecinos. Me avisa en unos días.

Acordaron ir un sábado. Blanca ya no trabajaba en la tienda los sábados sino en una oficina donde practicaba las destrezas adquiridas en taquigrafía y mecanografía todas las tardes de una a cinco. Salieron temprano porque Caguas era lejos y el procedimiento tomaba dos días por lo menos. La abuela había viajado a Nueva York donde Félix, de mala gana, le haría una caja de dientes postizos. Blanca se quedaba con Nanda, quien era estricta y mantenía un ojo avizor sobre la muchacha. Ese sábado tendría que trabajar, le dijo Blanca a su guardián, porque había mucho que hacer en la oficina. No podría negarse porque su jefe la necesitaba. Además, ganaría buen dinero al trabajar horas adicionales en el fin de semana. Desesperada, levantó sus argumentos uno por uno con el cuidado meticuloso de un fiscal. Nanda accedió, despidiéndola con un —tenga mucho cuidadito.

Llegaron temprano a un campo donde apecharon por cuestas hasta encontrar una choza despintada que aparentaba no estar habitada por nadie aunque tenía unas cuantas sillas en la sala pequeña y en su única habitación había una cama de dos plazas que casi cubría el cuarto completamente. Un baño rústico y pequeño donde apenas cabía una persona parada estaba al fondo. Dentro de un garabito había un tubo por donde caía un chorro de agua grueso al abrir un grifo para lavarse o darse un duchazo.

Los recibió una vieja flaca, ennegrecida por los años y el sol. Los perros ladraron roncamente. Mandó al hombre que se fuera porque —éstas son cosas de mujeres— y llevó a Blanca a la habitación llena de cama.

—Quítate los calzoncitos y déjame verte.

—Umm— murmuró la barrendera del Hospital Municipal, mientras la violó con sus ojos de ratón.

Chachareaba sobre —estas muchachas esloquillás que meten las patas a diestra y siniestra— cuando Blanca sintió un canuto frío entrarle en la vagina.

—No te trinques que es peor— ordenó la barrendera sabihonda de estas cosas.

Y violó su entraña con un líquido caliente.

—Quédate ahí acostada por un rato para que te entre bien hasta adentro.

El hombre que en esos días había perdido el amarillo hambriento de leopardo, la recogió al rato.

—Tienen que venir mañana tempranito porque mañana bota el muchacho— les indicó la empleada del hospital.

El día estaba soleado cuando regresaron a Santurce y los flamboyanes en flor, tornalechos de un rojo escandaloso, marcaban las carreteras con sus sombras largas.

Blanca inventó mentiras nuevas. Tenía que ir a la iglesia, y luego a hacer una tarea en casa de una compañera de escuela. Por suerte Nanda no era religiosa.

Esperó al hombre a la hora indicada, en el lugar de siempre. Llegaron a la choza. Sentados los tres en sillas de cromo y hule, la barrendera, quien había cerrado la puerta, abrió las ventanas un poco para que penetrara el aire. Chachareaba con el hombre sobre —los malditos populares—.

—Pero los republicanos son peores. Yo ya ni voto— decía mientras señalaba en el aire con una uña larga y sucia. El ladrido de un perro entró a la choza.

Tomaron café y el útero de Blanca se contrajo torturado por espasmos terribles. El dolor desgarrador le azotó y agarrándose el vientre, se encorvó sobre los muslos llorando.

—Bueno, ya le empezaron los dolores— anunció la mujer innecesariamente mientras el hombre la ayudó a acostarla.

—Se puede ir. Regrese a la tarde que ésto va a tomar tiempo.

El hombre salió sin despedirse pensando en la lechonera donde almorzaría ese día.

La mujer le dio una almohada sin funda a Blanca para que amordazara sus gritos.

—Así es, mija, así es. Goza ahora que mañana sufrirás. Te voy a hacer un tesecito de manzanilla para que te calmes que estás muy alterada. No grites que aunque no hay vecinos cerca puede pasar alguien y oírte. Así es que muerde la almohada cuando sientas el dolor.

Blanca se cubrió la cara con la almohada mientras la barrendera del Hospital Municipal se fue, arrastrando su olor a amoníaco, a hervir agua y buscar unas hojas de manzanilla en el patio.

Apretó la almohada contra la barriga dura. Desesperada se sentaba, se arrodillaba, se acostaba buscando una posición que aliviara su martirio. Todo era inútil. Apretó la almohada otra vez y cayó en un dique achicharrado por mandíbulas de perro. Las llamas le lamieron los ojos y ciega gimió cuando un colmillo agudo taladró su abdomen. Caída de espaldas, el humo tenebroso penetró su frente como cloroformo, su neblina ciega gasa maloliente que se le enredaba en las pestañas cerradas. El perro salió de las llamas, sus colmillos azules como añil maduro, despejando las llamas. Se relamía expectativo, la saliva púrpura como las llamas brillándole, iluminándole la quijada negra con su ranura de fuego. Arremetió al abdomen mudo, sus vísceras serpientes tentadoras. Blanca gritó dentro de la almohada, un alarido sin voz que se quedó atascado en su laringe, sus ojos ciegos tan abiertos, percibiendo el horror de su inmolación por los ojazos de su matriz asombrada.

Las horas caminaron lentas esa tarde dominical en que los flamboyanes escandalosos se burlaban de los perros. Los sudores fríos como hielo sobre candela la arrojaban desde la habitación al dique. La mujer le aplicaba trapos mojados en agua fría en la frente mientras murmuraba:

—A ver si aprenden a no meter las patas.

Las contracciones violentas marchaban unas sobre las otras pisándole los talones hasta que se convirtieron en un oleaje sólido de negrura impenetrable. Ya no había tregua en la lucha del dique. Gritos, jadeos, caían en la almohada mojada.

—Vente— le conminó la barrendera de hospital—. Hay que sentarse en el inodoro. Avanza que me vas a hacer un reguero en la cama.

Allí, en un inodoro rústico que le heló las nalgas, Blanca arrojó un embrión, semiluna enrojecida, flotando en las aguas pestilentes, amarillas de orines. Su forma tan minúsculamente humana avasalló a Blanca con su amor coartado y la sinrazón del homicidio. Luego la arropó una misericordiosa negrura, tan honda como su tristeza.

La tarde del vendaval la mujer del hombre esperó a Blanca cuando bajó del autobús.

—Tengo que hablar contigo —le dijo señalándole el camino hacia una calle callada con la punta de un dedo y un movimiento ligero de la cabeza.

Blanca la siguió demudada pisando las hojas que revolcaban entre los vientos en una danza circular. Sabía que ya la gruta donde respiraba entre pesadillas se encogía cada noche en que las piedras caían como granizo. Se agarró la falda enloquecida por el viento mientras escuchaba a la mujer desde su hoyo.

—Yo dejé a Paco anoche y me voy a divorciar de él cuanto antes. Es un sinvergüenza que no da un tajo. Ahora está trabajando, pero yo sé que no va a durar mucho, si cuando éramos dueños de la escuela de conducir, él era el que menos trabajaba. Es más vago que la quijada de arriba. Yo sé que tú te estás viendo con él, pero a mí, mira, ya no me importa. ¿Cuántos años tienes?

—Diecisiete.

La mujer asintió sabedora.

—Yo tenía diecisiete también—dijo su voz trazando una vereda en la memoria.

—Bueno, mira, yo puedo testificar en tu favor si decides denunciarlo por abuso de menores o algo así. Eso es todo lo que te quería decir. Yo no quiero saber más de él. No quiero verlo ni en pintura. Así es que está libre para hacer lo que quiera. Pero si tú necesitas mi ayuda, déjame saber que lo puedes mandar a la cárcel, al sinvergüenza ese.

Blanca escuchó la oferta amargada, pero no logró verse retratada en la cara cansada que la miraba, habiendo caminado y habiendo visto el futuro de Blanca. Sospechó de su oferta. Demasiado atenta. ¿Por qué le importaba a ella Blanca? Sólo quería hacerle daño al hombre, vengarse de él porque tenía otra. No le haría caso, estaba celosa, era todo. La escuchó con cortesía, pero apagó los clamores de su cerebro ante una verdad posible, apagó las sospechas, apagó los gritos acusadores y el recuerdo de su maltrato constante por el hombre.

—Ya sabes —le repetía la mujer— si decides denunciarlo, yo soy testigo porque sé lo que hizo contigo.

—Yo no hice nada —replicó Blanca a la defensiva. —Me tengo que ir que es tarde ya. Adiós.

Viró la espalda y comió aire al llegar a la casa vacía con las rodillas temblándole. Sintió que poco a poco fuerzas invisibles la arrinconaban con el hombre en un antro sin salida posible. Antes de irse a Nueva York, la abuela recibió un anónimo diciéndole que la nieta no era virgen, que la vieron entrar a un motel con un hombre mayor y casado. La anciana la interrogó inclemente. En un cloqueo brioso Blanca salió absuelta, pero la abuela tomó sus precauciones contándole a los vecinos que la había llevado al doctor para un examen minucioso.—Para un buen entendedor, pocas palabras bastan—dijo.

Pero todo no quedó ahí. Vino una vecina una mañana en que la anciana regaba las plantas contando que Blanca salía con un hombre casado y hasta de color era. La anciana galvanizó sus iras y fuerzas retiradas y para satisfacción de la correveidile, allí tumbó a Blanca al patio con pescozones e insultos que no le había propinado desde hacía años, pero que se sostenían en ella como la bilis. Los ojos burlones de la vecina tragaron la paliza golosos y salió de la casa desparramándose fogosa a repartir sus enredos por todo el barrio, pintando el cuadro visto con colores más vivos e intensos de lo observado.

Blanca paseaba inquieta por la casa vacía. Sintió una prensa pesada sobre el pecho que le cortaba la respiración en pedazos breves, rápidos.

La abuela regresaría de Nueva York pronto. Hasta cuándo podría vivir en esta maranta de engaños.

El día en que anunciaron el huracán y el cielo entorunado amenazaba, decidieron escaparse. Buscaron un cuarto amueblado en una pensión que anunciaba "se alquilan habitaciones". Blanca dejó una nota debajo del tapete del televisor anunciándole a Nanda la decisión. La llamó desde un teléfono público diciéndole dónde encontrar una nota que lo explicaría todo. Tomó su maleta llena de libros y alguna ropa. Escapó con el hombre hacia la habitación que ya no se alquilaba.

El huracán se desvió a Haití.

Capítulo XIII

La graduación se celebró en los terrenos de la Universidad de Puerto Rico, detrás de la torre. Con sus amigas Juanita y Cuca vitoreando, recibió los honores. Bajando del estrado sintió garras raspándole la espalda y su sonrisa murió en las comisuras de los labios cuando vio a la anciana. Le temblaron las rodillas, pero permaneció parada, haciendo un hoyo en el estrado de madera, esperando la desaparición de la abuela. Al fin tuvo que moverse y caminó hacia ella.

Primero lloró.

—¿Cómo pudiste, canto de malagradecida, después que te di la vida me entierras la puñalada por la espalda? Esto me va a matar y tú vas a ser la responsable de mi muerte. No encuentro dónde meter la cara del bochorno. Porque tú te largaste, pero yo soy la que tengo que dar la frente a los vecinos, a todo el mundo. Que esta cara llena de arrugas tenga que pasar por esta vergüenza, esta deshonra. Pobre de mí.

Luego la ira.

—Mal rayo parta al monstruo desgraciado. Permita Dios que el mal que me ha hecho sufrir lo pague veinte mil veces con un cáncer que lo consuma poco a poco. Hijo de puta, desgraciado, me cago en la madre que lo parió mil veces. ¡Cómo te viró la cabeza el malvado! Te engañó y tú te dejaste engañar como una zángana. Te llenó la cabeza, te lavó el cerebro con labia. Mal fin de Dios tenga, el monstruo ése que es más feo que una placenta.

Entonces le mostró el cebo.

—Aquí te traigo una carta que te mandaron de la Universidad. —Se limpió las lágrimas, ya más tranquilizada.

—Te van a dar una beca si empiezas a estudiar ahora mismo en agosto. Vente conmigo y te vas a estudiar como tú querías. A lo mejor te puedes comprar un carrito para que vayas y vengas y pagas los plazos trabajando en lo que estudias. Si Félix me sigue mandando lo que me manda semanal, a lo mejor yo te pueda ayudar. —Al notar la vacilación de la nieta, añadió:

—¿Qué vas a hacer con ese monstruo que no tiene futuro, un muerto de hambre que no tiene ni en qué caerse muerto, pasándole un montón de dinero a los hijos que tiene con esa otra mujer que se tuvo que divorciar de él por vago y sinvergüenza? Déjalo y vuelve conmigo. Yo le digo a los vecinos que él te obligó, que te llevó con amenazas.

Le apretó el brazo, clavándole las uñas desesperada. Blanca brincó en esa desesperación y nadó en su corriente. Supo que la anciana no quería estar sola, sabía que la necesitaba porque quedó sin sirvienta, sin dama de compañía, sin mandadera, sin suplemento a sus ingresos, sin enfermera, sin un oído que siempre la escuchaba, sin un objeto en quién descargar su ira.

—Abuela, tú sabes cómo es la gente y siempre van a hablar mal de mí por lo que hice. Es verdad que Paco no tiene nada que ofrecerme, pero tengo que casarme con él porque así entonces lo puedo dejar y divorciarme de él y quedo como una mujer honrada. Si no, si lo dejo así nada más, voy a quedar con una reputación manchada para siempre y nunca conseguiré un hombre decente que se case conmigo... a menos que me vaya lejos de aquí.

Habló rápidamente antes de que la anciana protestara.

—Si firmas los papeles, nos casamos y entonces me divorcio de él y me voy a vivir contigo—soltó la mentira con una bocanada de aire.

La muchacha siguió tirando los argumentos al blanco. La anciana los encontró cuerdos y prudentes aunque en su intento de engañarse a sí misma acalló la voz que le advertía sobre la insensatez reciente de su nieta. Obliteró la voz con su esperanza.

—Bueno, está bien, pero sin que el monstruo ése se entere porque ese canalla es capaz de cualquier cosa, hasta de llevarte y esconderte de mí en algún sitio. —Lo había calado bien calado, reconociendo en él, perpleja, propiedades que le eran tan conocidas porque ella también las albergaba.

Aprobó el matrimonio con una cruz trémula.

La noche en que se efectuó el matrimonio, frente a un juez y dos testigos desconocidos, Blanca venció la tentación de ponerse un traje negro. Después de muchas probadas, se decidió por un vestido verde, no porque demostrara su esperanza, sino porque era el único en su posesión que, con un leve escote y algunas lentejuelas sobre el pecho, se prestaba a una ocasión que requería aún en el caso de ella, cierto grado de celebración. Esa noche en su habitación alquilada, galoparon por primera vez con riendas.

Alquilaron un apartamento amueblado porque ya estaban casados y Blanca consiguió un trabajo secretarial permanente en otra compañía de seguros del Condado. Salió embarazada nuevamente y el hombre dejó su trabajo porque no le gustó cómo el jefe lo miró una mañana. Siendo el sueldo de Blanca tan escaso, se mudaron a la casa de María, la madre del hombre. Era una mujer un tanto huraña, quien nunca se metía en los asuntos de su hijo, excepto para darle dinero cuando se lo pedía para la papeleta o la hamburguesa en la cafetería de la esquina.

El jefe de Blanca se enojó al enterarse del embarazo. Ahora tendría que pagar dos meses de sueldo durante la licencia por maternidad. Era la ley y no podía despedirla. Se desquitó transfiriéndola a un departamento menos prestigioso. El abdomen creció con vida propia y cuando tomaba el autobús cada mañana para el trabajo, los hombres le preguntaban quién había sido el abusador de niñas. Con las piernas como jamones y la espalda dolorida, Blanca iba y venía a su trabajo, pasándose los fines de semana albergando ilusiones entre los enredos de sus personajes novelísticos.

Entre el canto de la acacia nació Taína. Ya había llorado en el vientre de su madre y al nacer se negó a llorar por dos semanas consternando a la madre quien creyó que seguramente debía ser muda. Le provocaron el parto porque después de tomar aceite castor y comenzar a dilatar, la niña no nacía. Los dolores la mordieron por doce horas y la niña silenciosa prorrumpió al mundo de luces y sonidos disonantes, entorunada.

El hombre siempre la buscaba en las noches porque no hubo otras. No obstante, la zahería de continuo con insultos que teñían sus hurgadas de un malestar profundo. Insatisfecho, le decía que había quedado fofa después del parto. Ya no le daba tanto gusto. Ignorando los lamentos adoloridos de su mujer protestando a pesar de los coscozones, comenzó a hurgar en el orificio más apretado hasta que éste se convirtió en su única fuente de placer.

Su mujer aprovechó la escabullida de un ratón que salía del dormitorio de Taína y trajo a la niña a la cama matrimonial. Acomodada entre sus padres permaneció allí todas las noches coartando las punzadas dolorosas a la madre.

El hombre la celaba sin cesar descubriendo amantes imaginarios entre sus jefes, compañeros de trabajo, personal del banco en donde tenía su cuenta de cheques y hasta del estilista afeminado la celaba. Si hacía ejercicios para reducir el abdomen, le preguntaba para quién quería estar en la línea. Si se pintaba para ir al trabajo, demandaba conocer para quién se ponía tan bonita. Si se compraba un vestido nuevo, quería que ella explicara de inmediato a quién se lo luciría. Para disipar cualquier noción descabellada que ella pudiese albergar sobre su belleza, aprovechó cuando ella aumentó dos kilos para informarle constantemente que parecía un bojote de lo gorda que estaba.

Como ya nunca más trabajó el hombre, la llevaba y traía a la oficina diariamente, atendía a la niña con la ayuda de María, jugaba sus papeletas hípicas y se dedicaba a vigilar a Blanca, apareciéndose temprano en la oficina o llamándola a todas horas para asegurarse de que estaba allí. Ni siquiera se molestaba en simular un pretexto.

Su pasión sexual por Blanca, quien no pudo ya vestirse de inocencia virginal después del parto, disminuyó reemplazada por otra pasión que aunque igual de dañina fue una esponja que chupó su paciencia hasta dejarla seca. Blanca se convirtió en su posesión, su mantenedora, su fuente de placer sexual, su guiñapo para mandar y maltratar. No le permitía un suspiro de privacidad. Todo se lo debía contar, no le permitía tener amigas porque—las amigas solo sirven para sonsacar—. Su único amigo era él. Si escribía cartas a familiares o amigas de antaño que vivían en Estados Unidos, exigía leerlas antes de ser enviadas, criticaba su hábito de leer porque los libros sólo sirven para meter ideas malsanas en la cabeza. En las tardes, cuando Blanca llegaba cansada del trabajo y quería descansar con un buen libro sobre la falda, lo arrebataba, tirándolo a la basura, diciendo:

—Con lo que te costó ese libro pude haber jugado unas cuantas papeletas.

Y continuaba vociferando sus sueños de pegarse en los caballos y vivir rodeado de riquezas para siempre.

Las Navidades se aproximaban con sus aguinaldos cantando promesas falsas de paz cuando Blanca, su paciencia seca y ya convencida de que nada bueno podía esperarse del hombre, le dijo, mirándolo con fijeza, que se iba. Comenzó a recoger sus pertenencias y el hombre bramó loco, incendiados sus ojos amarillos. Se encerró dramáticamente en el baño donde alegó haberse tomado un frasco de aspirinas y anunció que pronto moriría por culpa de ella. Blanca, conociendo sus dotes histriónicas, lo miró de reojo, el hueco frío calcinando sus retinas, y continuó empacando.

Él la acusó, como incontables veces anteriores, de tener un amante esperándola en algún lugar secreto. Prorrumpió en acusaciones de repetidas infidelidades, de su promiscuidad abominable y le llamó ninfomaníaca.

—Y ahora me quieres dejar por otro, so puta —escupió.

Callada, ella recogió sus pertenencias tragándose los insultos que por haberlos escuchado durante tantos años, rebotaban hacia los rincones oscuros escondiéndose en un hueco frío donde ella alimentaba su odio.

Desesperado, el hombre no logró tolerar su impavidez aparente. Le propinó una bofetada tirándola a la cama matrimonial encima de la ropa que ella había doblado meticulosamente y posado dentro de su maleta de cartón. Se le abalanzó encima como leopardo enfurecido y con voz de macho rechazado, siseó:

—¡Primero te mato, canto de puta!

Las manos grandes, como hojas de panapén, le arroparon el cuello caído en la cama, tenso, esforzándose por erguirse y escapar. El peso del hombre de ojos amarillos impidió toda fuga. Blanca intentó gritar, pero los dedos de candela enterrados en su carne, le constrigían la laringe hasta que su respiración sofocada casi no le encaramaba al cerebro. Pateó, golpeó con puños asustados, pero el hombre arremetió con ganas.

Ella se resigno a la certeza de morir. Ya no luchó contra la bestia que sobre ella arremetía y cerrando los ojos dejó de sentir al hombre de tenazas homicidas.

—¿Qué haces, estás loco? —María irrumpió en el cuarto todavía con el turbante que usaba cuando salía de compras.

El hombre azorado miró hacia la puerta y como un sonámbulo miró sus manos. Miró la cara de Blanca, mondó sus dedos de la carne adolorida y salió del cuarto.

Desde la cama se oían los sollozos lasos de Blanca. Acurrucada como un feto, cayó en un pozo abierto que trancó una portezuela férrea sobre los humos de su cabeza herida. Su yugular, como manguera abierta, chorreaba sangre mientras se sacudía de lado a lado, manchándole los hombros de sangre negra. Despertándose de su siesta, Taína gimió. Con su manito tibia abrió la portezuela férrea y escondió la arteria en su pecho ya acostumbrado al llanto.

Tardó dos años en intentar otra fuga.

Taína fue su sustento. La niña crecía parloteando al corretear un tanto desbalanceada por toda la casa, su risa inundando los aires de campanadas alegres. Desde su llanto en el vientre, Blanca la amó con la pena del que presiente un sufrimiento terrible. Sus ojitos negros a veces lloraban de rabia, pero sus balbuceos eran caricias. Se chupaba el dedo constantemente, sacándoselo por necesidad cuando quería gritar de placer, brincando descabellada al escuchar la musíca del radio que su padre dejaba encendido todo el día en la estación de música popular. Pedía "aba" cuando tenía sed, arrastrando un pañal hasta la cocina donde esperaba el agua solicitada.

Recontaba los cuentos infantiles para satisfacer su sentido de justicia y retribución. En su versión de la Caperucita Roja, la niña siempre mataba al lobo enterrándole un cuchillo en el cuello.

Taína fue la amada de su madre, llenando sus días y sus noches de experiencias claras con su miel de acacia. Blanca suspiraba en pequeños tragos de aire todo el día, acariciando ese amor, inmersa en sus aguas tibias, sin encontrarle fondo. Lo tragó todo, como un aroma nuevo y se perdía en el constante fluir entre madre e hija.

Porque su niña le trajo una felicidad callada, tranquila, porque esta niña la amó porque sí. Porque ese amor no dolía, no exigía, existía simplemente por existir. Taína fue la luz que esperó durante siglos de pesadillas oscuras. Nada la privaría de ese amor. Ni aún el hombre de ojos amarillos. Ni aún la anciana que esperaba paciente su regreso a la jaula.

Ni sus noches de hoyos y huecos y pozos y grutas y cuevas con sus perros negros rabiosos de colmillos azules, ni la sangre tan oscura chorreando loca hasta ahogarla. Ni la banda que cada segundo de sus días le apretaba la cabeza como diadema. Ni sus cartas violadas, ni sus libros despreciados, ni los golpes, ni los insultos.

Blanca miraba sus deditos tan redondos, su pelo rizo, su frente amplísima, su piel de caramelo, sedosa y acojinada, su olor a hoja nueva, y sentía su vocecita tocando las campanas de los dientes pequeñitos como granos de maíz.

Taína era lista y ágil, sus ojos oscuros lo observaban todo. Pero a veces una contrariedad nublaba su semblante y gritaba, pataleando por el piso abstraída de todos los ruegos de la madre. Taína, decidida, marcaría el mundo con su protesta. Porque su llanto en el vientre fue protesta ante lo que presintieron sus ojos ciegos. Porque su protesta decía que haría su voluntad, no la de otros. Porque su protesta rompía la tradición esclavizante de la madre. No nació para el servilismo. Su llanto en el vientre ya lo había predispuesto. No obstante, el romper las cadenas por siglos forjadas, les costaría mucho, tanto a la madre como a la hija.

Blanca vivió esos años de matrimonio como sueño de perro. Sus días eran lentos, todos tan iguales, que la mera repetición cansada, aseguraba su olvido en un futuro no muy lejano.

Se levantaba, trajinaba en la oficina, regresaba a la casa, comía, bañaba a la niña, le leía, la acostaba a dormir, luego se acostaba ella. Agotada, soñaba que se levantaba, iba a su trabajo, regresaba, comía, bañaba a la niña, le leía, la acostaba a dormir, luego se acostaba ella. Con el tiempo escuchaba el timbre del reloj despertador y no sabía si su realidad era sueño o su sueño realidad.

Hasta que la acacia habló una tarde con su lengua de pitonisa conjuradora .

—Hasta Segismundo despertó —le peroró airada.

—Aunque los sueños, sueños son, toda la vida no es sueño. Despierta, que Taína ya no crece en tus sueños. No te das cuenta que tus sueños se pierden en la realidad y su realidad no puede ser sueño. Despierta, que el sortilegio me cansa y no puedo ya hablar en enigmas.

El reloj la despertó la mañana en que Taína cumplió tres años y se pasó el día pataleando en el piso.

Llamó a la abuela, quien esperaba impaciente ante su jaula. Acordaron el día y la hora. Blanca permaneció despierta.

El hombre la esperaba en el auto, como todas las tardes a la hora de salida. Blanca caminó desde su oficina, abrió la puerta del automóvil, tomo a Taína que ni zapatos traía y corrió calle abajo hasta que un taxi brotó del horizonte claro. Lo abordó presurosa. El hombre quedó pasmado por varios minutos al volante del automóvil. Blanca no lo miró cuando el taxi le pasó por el lado.

Era viernes, no se acordaba que era viernes. Eso le daría la oportunidad de ajustar a la niña antes de salir a trabajar el lunes.

—¿Y papi, y papi?— preguntó Taína durante toda la travesía.

Brincó de jaula en jaula. La anciana vivía en una casa pequeña, pero cómoda, con tres dormitorios y un balconcito que miraba hacia la calle. Bernarda se enorgullecía de sentarse en el balcón, propietaria al fin de una casa con puerta a la calle. Acordaron que la anciana cuidaría de la niña y las alojaría a ambas por una suma semanal. Blanca solicitó un préstamo bancario para comprarse un auto usado.

Taína y la abuela nunca sintieron gran simpatía mutua, pero se toleraban por el denominador común que era Blanca.

El hombre mientras tanto acechaba. Sus ojos amarillos brillaban en las noches oscuras en que escondido detrás de los arbustos vigilaba a Blanca mientras ésta leía en el balcón o restregaba el piso de la sala. La seguía todos los días al trabajo y a la hora de salida Blanca veía su carro verde esperándola para seguirla de vuelta. Si algún compañero de trabajo incauto se le acercaba para hablarle mientras se dirigían a sus autos, el hombre esperaba la partida de Blanca, se le acercaba al compañero, y con amenazas de daños corporales, demandaba su abstención de la compañía de su mujer. Hasta que una tarde Blanca salió acompañada de su jefe, quien al sufrir las amenazas del hombre, la despidió al día siguiente.

Así Blanca saltaba de trabajo en trabajo y aún después del divorcio, que ella inició y él nunca contestó, continuó hostigándola, siguiéndola, removiendo poco a poco cualquier rival que la fuese a tocar. Porque si no era de él no sería de nadie.

Una noche Taína y la abuela dormían cuando Blanca bostezó, levantándose del sillón donde leía, se aplicó su crema facial frente al espejo de su tocador y cuando se tornó hacia la cama lista para quitarse la bata, le atacó un aroma que no provenía de su crema, un aroma a colonia masculina. Los pelos de la nuca se le erizaron al reconocer su origen. Se acercó a la cama, levantó la sábana que colgaba hasta el piso y arrodillándose con la cabeza doblada husmeó en la oscuridad hasta que vio la figura grande y negra. Los ojos amarillos centelleaban felinos.

Se levantó de un salto, apagó la luz para que los vecinos no vieran al hombre a través de las ventanas, y le ordenó salir.

—¿Cómo te metiste a la casa?

—Yo tengo mis métodos. Tú sabes como es, mamita.

—No me vengas con mamitas a mí. ¿Qué es lo que quieres?

—A ti. Porque estemos divorciados no quiere decir que tú y yo no podamos seguir juntándonos de vez en cuando. ¿Te acuerdas cuando lo hacíamos escondiditos en la otra casa con la vieja durmiendo?

Ella miró la silueta que poco a poco se hacía más clara con la luz opaca de la calle y su hueco vacío le caló los huesos.

—¡Lárgate de aquí! —le dijo con voz de nieve.

—Si no te largas ahora mismo, voy a gritar tan fuerte que despertaré no sólo a mi abuela, sino a todo el vecindario. Vendrán la policía, los vecinos, hasta los perros seguirán el rastro de mis gritos. Así es que lárgate porque ya no te tolero más. Esto es el colmo. Lárgate te digo.

El hombre titubeó.

—Si no te largas ahora mismo empiezo a gritar. —Las palabras salieron apretadas y frías.

El hombre salió. Pero continuó hostigándola identificando a sus jefes, acusándolos de mantener relaciones ilícitas con su mujer y amenazándolos con proveerle esta información a sus esposas.

Despedida una vez más de su empleo, Blanca consideró sus alternativas. Podía embarcarse a los Estados Unidos, allí se perdería entre las masas y nunca la encontraría. Para asegurar su desaparición podría emigrar a Australia. Leyó en algún lugar que el gobierno australiano alentaba la inmigración, especialmente de mujeres con destreza y hasta les pagaban el pasaje, dándoles luego empleo y vivienda. No, no era posible, los australianos eran muy racistas. En resumidas cuentas, tenía que ahorrar dinero y para eso necesitaba trabajar.

Por la pura desesperación de quererlo, apareció un anuncio en el periódico solicitando una secretaria ejecutiva para empleo inmediato en el Departamento de Justicia, posición que le garantizaría solaz. Conociendo las debilidades del hombre, sabía que un empleo en el Departamento de Justicia del Gobierno de Puerto Rico le haría desistir de su persecución. Nunca se metería con abogados, especialmente fiscales. No, jamás lo haría.

Intentó concertar una cita para la entrevista. Una secretaria le informó que sería imposible, el horario del entrevistador estaba repleto.

—Pero déjeme hablar con el señor Secretario Auxiliar —pidió Blanca—. Quizás me pueda acomodar en algún momento.

—Lo siento, pero está ocupado en este momento —respondió fríamente la secretaria.

Colgó, pensó unos minutos mordiéndose el labio inferior. Se echó los cabellos hacia atrás y marcó nuevamente el número de teléfono. Esta vez habló en inglés. —Un momento— contestó la secretaria nerviosa, ya que sólo entendió el nombre de su jefe y le pasó la llamada.

Consiguió así una entrevista para esa misma tarde. Y el próximo día recibió el nombramiento de secretaria en la Secretaría de Justicia de Puerto Rico. Bueno, quizás las cosas mejoren ahora, quién sabe, pensó.

El hombre, predeciblemente, dejó de seguirla por unos días. Blanca recibió unas cuantas llamadas telefónicas en que sólo latía silencio al otro lado. Llamadas confirmatorias. Pero un mes más tarde, cuando ella pensó que el hombre se había olvidado, salió un día festivo hacia el viejo San Juan, cuando observó el carro verde siguiéndola.

Sin titubear, Blanca acercó su automóvil a un policía que patrullaba el Parque Muñoz Rivera. Le mostró su tarjeta de identificación.

—Buenas tardes, oficial. Yo trabajo en la oficina del Secretario de Justicia y necesito su ayuda.

—¿Usted ve ese carro verde que está estacionado al otro lado de la avenida?

—Sí, señorita.

—Ese hombre me está siguiendo y tengo miedo de que me haga daño. ¿Usted podría hablar con él y decirle que si no deja de molestarme, le voy a entablar una querella en el Departamento de Justicia?

—Cómo no, señorita. Hablaré con él ahora mismo.

—Muchísimas gracias. Se lo agradezco mucho.

—A sus órdenes.

Ya nunca más la volvió a seguir y se olvidó de ella y de su hija como si su existencia hubiese sido un drama inventado.

Jorge la conoció semilla prensada, sin lluvias, sin tierra, sin soles tibios. Presentía algo monumental al conocerla aquella tarde en que inclinó la cabeza y con un elegante —a sus pies, señorita— la conquistó con sus ademanes de caballero de un siglo lejano. Él era así, gallardo, refinado. Para él, toda mujer era una dama merecedora por esta sencilla condición, de tratamiento cortés en todo momento. Él era Fiscal, y como sospechó algo monumental, pidió que se le asignara como taquígrafa para un trabajo especial encomendado por el Secretario. Hablaban entre dictados y después de las cuatro y media, cuando la oficina se vaciaba de testigos. Él vislumbró lo monumental, ella lo negó. Mas él le ofrecía vistazos al mundo del hombre culto, educado, cortés, ducho en amenidades sociales. Era un hombre de manos blancas que sólo habían manejado papeles. Un hombre que lucía reloj antiguo con leontina de oro bajándole desde el bolsillo. Era un príncipe alto, esbelto y reluciente. Su conversación era filosófica o humorística o literaria. Ella lo escuchaba embelesada mientras él hurgaba convencido ya de que lo monumental yacía dentro de la corteza espesa de esa mujer que le olía a yerba fresca.

Pero ella lo negaba porque en ella jamás podría existir lo monumental. Eso pensaba cuando pensaba en él en las noches del insomnio oscuro en que todos dormían, menos ella y el vecino electrocutado cuyas quemaduras en todo el cuerpo le arrancaban gritos todo el día y toda la noche desde que salió del hospital a morir a su casa. Varias veces intentó lanzarse desde el segundo piso en que vivía, para cercenar la agonía, pero su mujer avizora le negó el descanso. Blanca, acostada con los ojos abiertos como el fondo vacío de dos tazas, ahogaba los gemidos del quemado con el nombre de Jorge.

Lo negó hasta el Día de la Secretaria. En un acto de intrepidez rara, le preguntó si iría a las festividades.

—Sí, cómo no. Llegaré un poco tarde porque necesito completar algunos legajos que tengo pendientes, pero iré.

—¿Me promete bailar una pieza conmigo?

—Por supuesto, Blanca. Me dará muchísimo gusto bailar con usted.

Esa tarde, en el Colegio de Abogados, acercó su cuerpo alto, delgado, luciendo un traje gris hecho a la medida. Extendió una mano y le dijo: —Me permite.

Bailaron un merengue y otro. Luego una guaracha y otra. Cayó la noche y con el cansancio la orquesta giró a los boleros de antaño. Jorge absorbió su perfume. Le apretó la mano interrogante. Ella respondió con una leve presión afirmativa. Salieron al estacionamiento y con el ocaso a sus espaldas subieron a un lecho alquilado.

Se lanzaron al amor con abandono. La entrega fue tan espontánea como la del gorrión que se entrega a los aires. Ella tuvo un momento de pudor ante sus cuerpos desnudos, pero el libido fue vencedor en la contienda desigual y abrió todo su ser ante el placer máximo. Los besos salados se deslizaron por contornos ardientes. Saturados de sudor, galoparon en su faena amorosa. Cadencia. Ritmo. Crescendo. La culminación fue rápida, demasiado rápida en su ascenso piramidal. Jadeantes, húmedos de sudor y semen, yacieron extenuados y sonrientes, el líquido viril emanándole a Blanca del pubis.

Se enamoraron irreversiblemente aunque él era casado, con dos niños pequeños.

Pernoctaron en los hoteles del Viejo San Juan y Blanca toleraba los vituperios de la abuela, quien sospechaba que de santa no andaba por las calles a esas horas de la noche. A la hora de la comida, mientras Blanca intentaba cenar con tranquilidad en compañía de su hija, se le acercaba con acusaciones e indagaciones, hasta que la nieta, con el estómago cerrado, se levantaba a fregar los platos.

Él la amó toda. Con ternura y avidez. Sólo pensaba en ella. Llegaba a su oficina cada mañana antes de las ocho y media para escuchar sus —Buenos días— cuando entraba por la sala de recepción.

Blanca estaba inquieta. Lista para arrancarse de su destino, no sabía cómo hacerlo, cómo descuajar los pedazos de pobreza servil que se le desplegaban al frente como manta oscura. Cómo romper los eslabones de tedio atándola a una maquinilla y a una libreta de taquigrafía. ¿Hasta cuándo debía tomar órdenes de hombres que eran menos inteligentes que ella?

La abuela se mofó cuando Blanca le reveló su plan. ¿Cómo podría trabajar y estudiar a la vez? Eso era una estupidez. Otra tontería. Si estudiaba y trabajaba, ¿cuándo sacaría el tiempo para pasarlo con ella y llevarla a divertirse?

—Nunca vas a lograr nada —le decía convencida.

—Ya metiste la pata. No te vistas que no vas.

Por encima de las recriminaciones de la abuela, quien no podía encontrar nada bueno en sus planes, Blanca se matriculó en dos cursos nocturnos en la Universidad. Jorge la estimuló. La abuela continuó la mofa. Cuando Blanca se quedaba estudiando después de las diez, hora en que acostumbraban retirarse, le apagaba la luz enfurecida, gruñendo que gastaba mucha electricidad. Blanca compró una linterna de pilas y escondida debajo de las sábanas estudiaba hasta altas horas de la noche. Se levantaba temprano para ir a trabajar, sus ojos ardiéndole todavía de ideas revoloteando dentro de su cráneo.

En su clase de literatura española, ponderó la problemática de la lengua como fenómeno natural o social, aprendió lo que era la filología, un alejandrino, la silepsis y el carpe diem. Descubrió que Unamuno no era un personaje africano de tiempos coloniales y que morir como Ícaro vale más que vivir sin haber intentado volar nunca. En Humanidades aprendió que humanidades no significaba una pluralidad de gentes, sino la toma de conciencia del ser humano y su situación, la formación de la cultura por el ser humano, la problemática del hombre como ser histórico.

En fin, a través de ensayos y "La Ilíada", de cátedras y el "Mío Cid", tomó conciencia de su condición.

Ya jamás se apagaría en ella la sed de conocer.

El próximo año ingresó a la Universidad a tiempo completo trabajando a jornada parcial como secretaria legal y repartiendo periódicos todas las mañanas desde las cinco antes de salir para el trabajo secretarial. Porque ya no toleraba las visitas a hoteles con su amante, ni la sospecha pertinaz de la abuela y sus recriminaciones de que la gente que lee tanto o queda ciega o loca, alquiló un apartamento pequeño donde podría disfrutar de la privacidad y tranquilidad que añoraba. Numerosos soponcios le causó esta decisión a la abuela y nuevamente la acusó de ingrata malagradecida prediciendo que ningún hombre decente se casaría con ella, una mujer divorciada viviendo sola. Nanda acordó cuidar a Taína después de salir de la escuela.

El romance sobrevivió las ausencias cada noche, los fines de semana, los días festivos. Las visitas de Jorge se limitaban a días y horas laborables, a veces extendidas, pero no por mucho tiempo. El pequeño apartamento de Blanca era una guarida despegada de la rutina diaria donde los amantes olvidaban compromisos y responsabilidades del cotidiano vivir. A veces soñaban con imposibles.

—Un día estaremos juntos para siempre, te lo prometo, mi vida.

—¿Cuándo? —preguntaba ella alentada.

—No sé, pero yo te adoro y lo único que deseo es estar a tu lado para siempre.

Blanca no contestaba, sus alas de esperanza caídas, arrastradas por el suelo.

Taína se negó a comer hormigas, aún cuando Ivette, su mejor amiga, se las ofrecía fresquecitas de la tierra húmeda. Nació con una habilidad innata de expulsar un —no— rotundo, inequívoco cuando se le proponía cualquier aventura de la que no quería participar. No le temía a nadie.

Ni a la madre, ni a Nanda, ni a la abuela, quien una vez la mandó a comprarle una libra de pan de agua mientras veía los muñequitos en la televisión e impaciente le contestó: —sácatelo de la nariz.

Cuando la abuela corría detrás de ella con la correa para escarmentarla por alguna travesura, Taína corría como diablo que ha visto la cruz, con la abuela en persecución hasta cansarla tanto, que jadeante, soltaba la correa prometiendo propinarle una paliza doble cuando descansara. Ya para entonces, la anciana olvidaba la travesura que había anegado su enojo. La abuela se acostaba todas las tardes a tomarse una siesta y Taína al aburrirse sin compañía humana, se le acercaba a la cama, le abría un ojo a la anciana con el pulgar y el índice, y le preguntaba:—¿Estás despierta, abuela?

No se le podía obligar a hacer algo en contra de su voluntad. Las maestras llamaban a Blanca constantemente con quejas de insubordinación porque se negaba a obedecer, a menos que se le ofreciera una explicación aceptable para ella.

Al enojarse solía gritar —malas palabras, malas palabras— creyendo que era un epíteto terrible y se sorprendía de que el exabrupto no le ganaba una paliza. Con su pelo cada día más rizo, taladraba los cielos con sus gritos cuando había que lavarle la cabeza y siempre andaba en busca de una buena travesura que la mantuviese ocupada mientras esperaba que la madre viniera a recogerla a casa de Nanda.

Después de la muerte de Bobi, Nanda y Lito adquirieron otro sato que no le ladraba ni a los ladrones. Sin embargo, abría un ojo cansado mientras dormitaba sobre las losetas, y al ver a Taína corría espantado, el rabo entre las patas, a esconderse debajo de la mesa del comedor. Ella, ni sosa ni perezosa, gateaba debajo de la mesa para meterle palillos en las orejas. En ocasiones le tapaba la cabeza con un saco de lona y luego gritaba extasiada, cuando el perro daba tumbos ciegos, —Mira, ahí va José Feliciano—. Cuando no, le ponía el rabo largo en la boca para que se lo mordiera. Las campanas de los dientes le sonaban claras al celebrar sus propias travesuras con risotadas robustas.

En segundo grado se tranquilizó un poco, ya con la carga de responsabilidades escolares que cada día se hacían más onerosas. Salía de la Escuela Gautier Benítez y remontándose por la Avenida Eduardo Conde, con el sol del mediodía quemándole la coronilla, arrastraba el bulto pesado de libros y libretas hasta llegar al ápice frente al cementerio donde, sudada se paraba a descansar durante algunos segundos. Allí, don Francisco, el lapidario, le ofrecía un vaso de agua que la refrescaba hasta llegar a la casa de Nanda. Agradecida, le devolvía el vaso apurado y le decía adiós a don Francisco, un anciano que vivía de los recuerdos de su matrimonio malogrado. Cuenta la leyenda que hace muchos años cuando don Francisco era tan joven que su pelo negro le arropaba las sienes, se casó con una mozuela del barrio, quinceñera, con una trenza larga que le acariciaba las nalgas. La mozuela era inocente, ignorante de las cosas de la vida. El joven Francisco, por el contrario, tenía una reputación de potro enardecido, no por su pluralidad de conquistas femeninas, sino por su miembro tan largo y gordo que apenas lo podía disimular debajo de la pata del calzón. Las malas lenguas decían que tenían que amarrárselo del muslo, de tan largo y pesado que era. Los jóvenes se casaron y después de las festividades se retiraron a un ranchoncito de madera con su cama de cuatro postes, mosquitero blanco y varios cajones para sentarse. Tímida la mozuela se acostó luciendo su refajo blanco debajo del mosquitero y con la vela encendida todavía encima de un cajón, mirando nerviosa mientras el jóven se quitaba los calzones, vio la cantidad de miembro que traía. Con los ojos como palangana gritó y dio un salto por la ventana abierta, apareciéndose espantada en la casa de sus padres, donde juró temblando que jamás la harían regresar. La reputación del miembro de Francisco tomó proporciones épicas y ya ninguna mujer se atrevió echárselo encima.

Demasiado niña para haber escuchado estos cuentos, Taína apuraba el vaso de agua ofrecido por don Francisco todas las tardes y proseguía su camino hacia la casa verde de Nanda.

Capítulo XIV

La conoció en un curso sobre la metafísica de Descartes. Allí también conoció a David. Los tres se tumbaban bajo las palmas tropicales a discurrir sobre la sustancia última, a intentar solucionar la problemática del mundo. Tres cerebros contra un mundo, tres conciencias contra una masa inconsciente. David y Blanca proponían el socialismo marxista. Rosa se reía de su ingenuidad. El capitalismo no morirá, decía. Ni la injusticia social, ni la violencia, ni la degradación del hombre por el hombre. Ya lo dijo Hobbes. Los humanos son así.

Rosa era la amante de un abogado muy rico. Desde niño se casó con su madre viuda, y orgulloso la llevaba del brazo a la ópera y al ballet, mientras Rosa marchitaba en un apartamentito que él le alquiló en una urbanización de Río Piedras. Blanca y Rosa entendieron los paralelos de sus vidas de inmediato. Rosa nació en el barrio Polvorín de Naranjito y también intentaba desgarrarse de su destino. Los domingos estudiaban juntas y hablaban de sus hombres mientras soñaban con espectros indefinidos porque aún no conocían la configuración de la felicidad, David a veces penetraba los días de las amigas, pero como era hombre, no confiaban en él totalmente. Era ministro bautista ateo, y como creyente fervoroso en la teología de liberación marxista, veía su ministerio como un medio para alcanzar sus objetivos sociales que eran ayudar al pobre desde su iglesia humilde de La Playita.

Se casó muy joven con una viuda con tres hijos, más por piedad que por amor. Se enamoró de Blanca mientras ella lo escuchaba comprensiva cuando él perdió la fe en Dios y consideró abandonar el ministerio. Como psiquiatra paciente, absorbía sus temores de quedar desnudo ante una muchedumbre. Ella le ayudó a decidir. Su vida estaba ligada a sus feligreses, a su compromiso político y social. El que creyese o no en un Dios era verdaderamente irrelevante, porque su amor al prójimo era ciertamente religioso y cristiano. David acogió sus consejos agradecido y permaneció en el ministerio. Mas de su intimidad con ella nació en él un amor que no había conocido antes por estar vetado de una pasión abrasadora. Sospechando el nacimiento de un escollo que podría destruir la amistad, Blanca le habló de Jorge. David nunca confesó su amor, pero se aparecía después de sus visitas a hospitales y barriadas lejanas a tomarse un café y conversar con Blanca porque sabía que en las noches, Jorge era sólo un recuerdo.

Rosa se convirtió en una hermana, más preciada que una hermana por haber sido escogida entre tantas otras. Las amigas acordaron hacerse cargo de Taína y asegurarse de que sería una mujer fuerte y liberada, aunque Taína nació con genes de piedra y apenas necesitaba el ejemplo de dos mujeres que sufrían el abandono constante de sus amantes casados.

Las tres recorrían las avenidas del Condado, observando a las prostitutas que acosaban a los turistas con sus vestidos cortos y caras pintadas para la guerra urbana. Comían hamburguesas en La Bota y los domingos por la tarde se bañaban en las aguas frente al Capitolio donde los marullos las tiraban una y otra vez mientras ahogaban la risería de las tres, que no sabiendo nadar, debían proceder con más cautela.

El amante de Rosa se llamaba Juan Carlos. Era un galán adinerado que la halagaba constantemente con joyas hermosas y vestidos de las boutiques más elegantes de San Juan. Rosa lo amenazaba de continuo con privarlo de su afecto ya para siempre, si no le dedicaba más tiempo, especialmente en las noches y fines de semana. Él prometía, pero nunca lograba cumplir, causándole a ella una insatisfacción que estallaba con la menor provocación. Acostumbrado a los arranques iracundos de su amante cuando no podía pasarse un sábado en la noche con ella por los compromisos sociales impuestos por su madre, Juan Carlos se escapaba raudo del apartamento antes de que el zapato, la lámpara o cualquier otro proyectil lanzado por Rosa estallara contra la puerta.

Como ambas vivían al margen de las vidas de sus amantes, las dos amigas compartían la tristeza del abandono diario. A menudo se reunían en la biblioteca de la Universidad con las mejores intenciones de estudiar juntas, pero inadvertidamente caían en dialogos susurrados sobre contraceptivos, la monilia pertinaz que las latigaba como un castigo, y su disección de la psique masculina, que siendo tan extraña, se perdían enmarañada en sus misterios constantemente.

—A los hombres no hay quién los entienda —opinaba Rosa.

—Mira que son diferentes. No hay manera que pueda haber entendimiento entre los sexos. Si yo fuese Juan Carlos, hace rato me hubiese mudado de la casa de la madre. Pero él no puede dejarla sola, según dice. Y mira, Jorge tampoco logra divorciarse de su mujer para casarse contigo a pesar de lo mucho que te ama. Sabes, a veces pienso que los hombres son más nobles que nosotras.

—O más cobardes —decía Blanca, creyéndose capaz de cualquier sacrificio por su amado.

—Ay, Grilla —suspiraba Rosa. Siempre le decía Grilla cuando conversaban sobre temas nostálgicos o dolorosos.

—Hasta cuándo vamos a aguantar todo lo que nos imponen estos hombres. No es justo que tú y yo estemos aquí solas en la biblioteca, un sábado en la tarde esperando a que les sobre el tiempo de sus otros deberes y responsabilidades para poderlos ver. A veces me canso de ser siempre la que espera, la que todo lo da y todo lo tolera. Llevo cinco años con este hombre y siempre es lo mismo. Como su madre no tolera que se haya enamorado de una jíbara de Naranjito, sin alcurnia, no podemos compartir con su familia ni amistades y me lleva donde sabe que no se encontrará con gente conocida. Todo por no darle un disgusto a la madre. Ni que fuera yo una mujer de la vida. Pero claro, para ella debo ser una plebeya. Te digo, Grilla, que en toda sociedad existen las castas y nosotras pertenecemos a la más baja, somos las intocables puertorriqueñas. ¿Has calculado cuánto tiempo le dedicamos a la espera? Esperando siempre por migajas. ¿Es que merecemos sólo eso? Ya verás que llegaremos a viejas, solas, sin nuestros amados, viviendo de los recuerdos de esas migajas tiradas ocasionalmente. Espero que por lo menos nos tengamos la una a la otra, viviendo juntitas. Sobre eso me siento más segura que sobre las promesas de Juan Carlos.

—Me lo dices a mí, que llevo años esperando una decisión, un gesto, una determinación de solucionar nuestra situación —intercaló Blanca.— Soy la amante de un hombre casado, la mujer que mantiene a la izquierda, la que se enferma a media noche y no lo puede llamar a la casa. Sabes que ni siquiera sé cuál es su número de teléfono, ni dónde vive. Nunca le he preguntado y él no me cuenta nada sobre su vida privada. Sé que en los fines de semana suele cabalgar en la finca de su padre, que padece de insomnio y nunca toma vacaciones. Pero desconozco sus hábitos consuetudinarios, qué come de desayuno, qué tipo de relaciones mantiene con sus hijos. Cómo disipa las tardes de un domingo lluvioso. Jorge nunca ha conocido a Taína. No te parece increíble que dos de las personas más amadas se desconozcan. Lo adoro, pero su silencio en las noches, en los fines de semana, mina muy hondo. Tenemos un romance en horas laborales, eso es todo. Por ser ello así, nuestra relación es una relación coja, fracturada. Carece de la intimidad esencial que aúna a dos seres humanos. Constantemente me pregunto si podría vivir con él, hay tanto de él que desconozco. Hace un año se hizo una vasectomía. Creo que ese fue un mensaje claro que me he negado a analizar.

Ambas callaron ante los mensajes sutiles revoloteándose entre las sienes. Miraron sin ver sus libros abiertos y notaron que una muchacha sentada al lado de Blanca, escuchaba abismada la conversación de estas dos mujeres que junto a ella desplegaban una conversación de experiencias tan extrañas. Las amigas miraron a la muchacha, quien las observaba asombrada, y sofocando la risa, cerraron sus libros y corrieron.

—Imagínate —dijo Rosa entre carcajadas— qué pensará esa muchacha de nosotras. Seguro que es virgen y nunca había escuchado una conversación como ésa. Si parecemos las protagonistas de una novela televisada.

—Yo me voy a casa, que contigo no puedo estudiar. Es imposible.

—Está bien, está bien —Rosa corrió hacia el auto que Juan Carlos le regaló. —Llámame cuando termines —le gritó.

Blanca recogió a Taína en casa de Nanda e hizo su visita diaria a la abuela. Ya se había tranquilizado un tanto por la mudada de la nieta, pero le exigía visitarla todos los días —llueve, truene o ventee— le decía. Blanca aún la obedecía y a pesar de sus rebeldías esporádicas, le otorgaba los triunfos pequeños, que siendo tan nimios se aglomeraban como hormigas sobre una cucaracha muerta. Intentaba apaciguarla visitándola, haciéndole mandados y llevándola a paseos por el campo y la playa los domingos cuando tenía tiempo. Llevar a la abuela a su apartamento le parecía una desacración de su santuario y nunca cruzó su umbral aunque innumerables veces Bernarda se invitó, ofendida de que ella debía tomar la iniciativa.

El teléfono reverberó al Blanca entrar a su apartamento. Sabía que no sería Jorge, era sábado y bastante tarde.

—Aló.

—¿Por dónde andabas, Grilla?

—Ya sabes, las visitas de rigor con mi abuela.

—Menos mal que mi familia vive lejos por Naranjito y tengo excusa para no cumplir. A veces extraño mucho a Mami, pero a mi padre, mientras menos lo vea, mejor. Desde que entro por la puerta, empieza su perorata contra los independentistas. A mí me pone nerviosa, y tú ya sabes lo escasa que es mi paciencia. En lo que toma guiñar un ojo nos enfrascamos en una riña de proporciones mayores. Mi padre es un muñocista rabioso. Un día me dio un manotazo porque me atreví a acusar a su reverenciado Muñoz de traicionar al pueblo puertorriqueño entregándolo a Washington, o mejor dicho, vendiéndolo. Oye, eso me recuerda, ¿vas a la marcha de la FUPI el lunes?

—No puedo —respondió Blanca—. Tengo que trabajar en la mañana y luego tengo clases toda la tarde. Firmé la petición estudiantil, pero no puedo faltar a clases. ¿Y tú, vas?

—Qué va, tengo los mismos problemas, el martes un examen de Historia del Arte de muerte. Pasaré todo el lunes memorizando diapositivas. Bueno, llámame mañana. ¡Chau!

Blanca colgó el teléfono negro. Taína, tirada en el sofá, veía los programas insípidos de la televisión nocturna. Debía preparar algo de comer y luego trabajar en una monografía sobre la teoría de la violencia de Franz Fanon. Sintió una punzada fría en el lado derecho de la cabeza. Frente a ella se borraron las imágenes ahogadas en una luz estridente que casi la ciega. Corrió al baño a vomitar. Palpando las paredes, llegó a la cocina. El dolor arreciaba. Temblando, tomó un vaso para llenarlo de agua. Lo sostuvo bajo el chorro grueso y tambaleando llegó a su dormitorio buscando su tranquilizante.

Taína despegó los ojos del televisor.

—¿Qué te pasa, Mamita?

Esforzándose, Blanca respondió con la lengua pesada, las palabras tartajeantes hollándole la cabeza.

—Tengo migraña. Prepárate un sandwich y tómate un vaso de leche.

Exhausta, cayó en la cama. Taína le sacó sus pastillas del frasco, y acostumbrada ya a los ataques de migraña de su madre, bajó el visillo de la ventana. Blanca tomó las pastillas y se cubrió la cara con una almohada, concentrada en su dolor avasallador, eclipsando todo estímulo. Taína salió en puntillas a prepararse su comida.

En la cama, bajo la oscuridad de su almohada, envuelta en su dolor como mosca en la telaraña, quieta, muy quieta, cayó en un aturdimiento plúmbeo olvidándose del clamor externo, cayendo en su sarcófago recóndito que la arrastró de bruces hacia un sueño negro.

El aire zumbaba con avisos de lluvia cuando el cartero pasó con la carta esperada. Era un sobre grande, pesado. El corazón le dio un salto. Un sobre pequeño contenía un rechazo, pero un sobre grande... no, ni siquiera mantendría una pizca de esperanza. Subió corriendo las escaleras. Ya dentro de su apartamento se sentó, miró la dirección de la institución remitente, tomó el sobre grande en las palmas de las manos, intentando adivinar su peso. Lo colocó sobre su falda. Leyó su nombre. Sí, era para ella, no cabía duda. Tomó el sobre manila grande nuevamente en las manos. Harvard University decía. Una bocanada de aire abrupta le provocó tos. Fue a la cocina con el sobre bajo el brazo y tomó un vaso de agua. El sobre era grande, había esperanza. Respiró hondo, sabiendo lo traidora que era la esperanza. Desgarró el sobre apurada por una impaciencia que la atacó de pronto. Los ojos revoloteáronse sobre las palabras recorriéndolas rápidamente, plasmando un significado sobre su conciencia calurosa. Desplegó una sonrisa cuarteada de incredulidad al leer las palabras: felicitaciones, ha sido aceptada, le otorgamos una beca. Frenética, Blanca besó la carta una y otra vez. Debía llenar un papeleo extenso y devolverlo, debía llamar a Jorge y a Rosa. ¿Sería posible, sería todo esto cierto? ¿O acaso era un sueño, o peor, una broma?

Los que dijeron que nunca lo lograría se comieron sus palabras mofadoras. Al cabo de cuatro años, cientos de libros digeridos, decenas de monografías compuestas a la luz de su escritorio solitario, cátedras abstrusas, diálogos vigorosos, repartición de periódicos, la mecanografía de legajos y demandas, migrañas y camorras con la abuela, Blanca se graduó Magna Cum Laude, conociendo a fondo, ella creía, la condición humana. Rosa se graduó también ese mayo resplandeciente en que televisaron los actos de graduación en la emisora del Gobierno de Puerto Rico y Blanca, sentada en el sofá en casa de Rosa, escuchó su nombre mencionado en la lista de honores.

Esa noche Rosa salió con Juan Carlos a celebrar, habiendo él cancelado un compromiso social con su madre. Durante la cena, le exigió el matrimonio. Juan Carlos se negó por estar aún casado con la madre. Ella salió del restaurante de lujo arrastrando el insulto e intentó buscar en su soledad la dignidad robada por el hombre.

Llegó casi borracha de dolor. Blanca abrió la puerta en su camisón de dormir y las dos amigas se abrazaron bajo el cielo claro de la noche.

Capítulo XV

Los cuervos picoteaban los chispazos en la nieve. El olmo mecía sus dedos artríticos espantando espectros. Un hombre caminaba, su cabeza humillada por el viento helado, dejando rastros perecederos en la nieve recién caída.

Blanca leía "Los ángeles se han fatigado". Absorta en el torbellino del drama, no oyó los pasos embozados de la enfermera al acercarse. Le habló en inglés. Al leer en español, Blanca pensaba en español y miró la cara de la mujer que se le plantó al frente. La reconoció, pero no entendió lo que decía. Pasaron varios segundos en que la mente de Blanca permaneció en un limbo mudo, los pensamientos aleteaban desesperadamente por salir hasta que poco a poco, como la realidad que penetra en el sueño, las palabras de la enfermera se acomodaron en la penumbra espesa donde el cerebro las reconoció. Blanca respondió, y tornando su mirada hacia la nieve que siempre le repugnó, pensó en su llegada a este mundo de frío y hielo.

Portando una maleta, la mano de Taína y la carta de aceptación a la Universidad, llegó a Cambridge, Massachusetts, en lo que llaman los Estados Unidos Continentales, una tarde de agosto en que las nubes se amontonaban unas sobre otras en promontorios nevados.

Por la ventana abierta del taxi ambas revisaban el mundo nuevo que comenzó en el Aeropuerto Logan y recorría puentes, autopistas, edificios cristalinos y un río tan largo que casi les muestra el camino. El aire olía diferente, era pesado y arnichesco. Blanca estornudó repetidamente.

La mujer y su niña registraban las visiones recortadas en el cielo, sintiendo el aire pesado en las caras. Sentada casi encima de Blanca, Taína necesitaba tocar el cuerpo de su madre y mirar el mundo extraño a través de la misma ventana. Así se aseguraba de que verían las mismas escenas, los mismos tonos, la misma gente, confirmándose cada visión en el recuerdo de la otra.

El pelo rizo de Taína se erizó con el viento.

Subiendo la calle Brattle, la multitud de gente joven en camisetas y jeans o pantalones cortos, la congestión de autos y los semáforos detuvieron la marcha del taxi frente a escaparates coloridos donde hileras de tiendas, boutiques, restaurantes y cafés invitaban con sus aires acondicionados prometedores. El pavimento reflejaba agua.

Blanca pensó en Jorge. Las llevó al aeropuerto y se le formó un taco en la garganta al despedirse. La extrañaría mucho le dijo. Buscaría las maneras de viajar a Boston, aseguró. La abuela, cuando se enteró que Blanca había sido aceptada en la Universidad le preguntó:

—¿Me vas a dejar así nada más, para irte a Nueva York? —porque para ella todos los Estados Unidos eran Nueva York.

Aliviada, Blanca se despidió de la abuela.

Anocheció de golpe, como campanazo. Blanca alquiló una habitación en una pensión barata. Casi no durmió y a las ocho despertó a Taína, quien podía dormir a través de un terremoto. Se lavaron en el baño común del pasillo y salieron a una cafetería que se había convertido en un punto de referencia de los muchos que poco a poco tendrían que establecer. Desayunaron allí. Taína tomó un jugo de naranja y comió un tazón de cereal. Blanca tomó un café aguado con leche pensando que era cierto lo que decían sobre el agua de piringa que toman los norteamericanos.

Al tercer día en que todas las cosas se dan por vencidas o se dan por realizadas, la oficina de viviendas de la Universidad les asignó un apartamento estudio y allí se acomodaron. La escuela de Taína estaba situada a la vuelta de la esquina. Comenzó las clases y ese primer día trajo a la casa a una amiguita que sólo hablaba inglés. Como Taína sólo hablaba español, Blanca no entendió la atracción misteriosa que podría existir entre ambas, que no necesitaba la mediación del lenguaje.

Fueron a jugar al parque, quizá porque es palabra común en ambos idiomas. Sin embargo, la amistad no duró mucho. Después de la novedad inicial de hablarse en señales, el esfuerzo de hacer muecas y gestos constantemente sin darse a entender, se tornó más en molestia que en disfrute. Si con una palabra o frase se puede decir lo que se quiera sin esfuerzo, para qué tomarse minutos enteros de gesticulación que a veces resulta totalmente infructuosa. Explicar una idea sencilla podía ser tan difícil como explicarle a un sordo lo que es la música.

Le tomó un año aprender inglés. Comenzó la escuela en un escombro de sonidos enigmáticos que le perturbaba el cerebro, pero no encontraba alojo en ninguna célula receptiva. Escuchaba una sinfonía alocada, disonante, cuyas notas se estrellaban contra su entendimiento como ola tormentosa y sólo la aturdía. Poco a poco, al pasar los días, las semanas, los meses, notas aisladas fueron penetrándola y sus células despiertas las recogían, reconociéndolas ya y las guardaban hasta que el acervo creció y ya las palabras le eran conocidas y lograban anexarse a un concepto, a un sentido. House, two, it's time for lunch, good morning, José can you see. Frases enteras cobraron sentido y después de meses de silencio, timorata, comenzó a reproducir los sonidos escuchados.

En sus meses de silencio absorbió la nueva lengua, la despedazó para sintetizarla nuevamente. Tomó sus notas agudas en su cerebro vivo y las exprimió sacándoles el elixir que les daría sentido. Su cerebro activo no sólo recogía los fonemas combinados y recombinados en estructuras diversas, sino que recogió gestos, recogió miradas, recogió entonaciones y los ritmos de la lengua. Hasta que un nuevo idioma nació de su frente y salió en una mayéutica prolongada, fluyendo sin empeño de su boca.

Su idioma nativo le ayudó. Escuchaba una palabra y rápidamente aplicaba las reglas que ella había creado en el dominio del español, al inglés. Ahondó y extrajo de su experiencia con el aprendizaje de su lengua nativa, los conocimientos necesarios para aprender la nueva. Un día despertó y entendió la cháchara que le llegaba a la cabeza.

En la Facultad de Pedagogía, Blanca se acomodaba entre los anaqueles de la biblioteca a leer los libros en reserva y preparar sus monografías asignadas. Al llegar el primer día de clase, con el sudor lamiéndole la cara, se sentó en una butaca dura del auditorio a escuchar la cátedra de su profesor de ciencias políticas. Habló sobre los cambios sociales en la educación norteamericana, y aunque Blanca entendía casi todo lo que el profesor decía por entender el idioma, no entendió nada de lo que decía. Entendía las palabras y las frases, sabía lo que una oración significaba en su contexto gramatical aislado, superficial, somero, pero no entendía el significado más profundo que el profesor propugnaba.

Tampoco entendía por qué los estudiantes llamaban al hombre calvo, con barbas y sin corbata, por su nombre de pila en lugar de llamarlo Profesor. Y él, muy desfachatado, se refirió a una de las estudiantes como —la mujer que está sentada en la primera fila—. ¿Cómo se atrevía llamarle mujer a una dama? ¿Por qué no se sintió ella insultada?

¿Quiénes eran estos hombres y mujeres, profesores todos que hablaban de igualdad educativa, de integración racial en las escuelas, de disparidad económica y cualitativa, de blancos y negros, en las escuelas públicas? De qué hablaban, si hasta donde la experiencia de Blanca le indicaba, sabía que las escuelas públicas eran todas igualmente mediocres, después de todo, sólo los pobres van a la escuela pública, pensó.

Cavó en los libros, en las revistas profesionales, en su experiencia. Cavó en los periódicos y en las conversaciones con estudiantes y profesores. Cavó en la historia de la educación norteamericana y descubrió una injusticia tan terrible que al principio se negó a creer lo que sus sentidos le mostraban. Cavó más hondo en los medios noticiosos, en las conversaciones de la gente en los trenes y despertó aterrada ante la turbulencia, el caos, la convulsión que existía en la ciudad porque el Juez Federal de Boston ordenó la integración racial de las escuelas. Hasta que se dictó la orden judicial existían escuelas en donde la composición racial del estudiantado era homogénea. Había escuelas de blancos en los barrios blancos, escuelas de negros en los barrios negros y escuelas de hispanos en los barrios hispanos. También había escuelas de negros e hispanos en aquellos barrios donde los linderos comenzaban a borrarse. Como ésto constituía desigualdad educativa, se ordenó que estudiantes negros e hispanos fueran transportados en autobuses escolares a distritos blancos y los estudiantes blancos fueron transportados a escuelas en distritos de lo que llamaban las minorías.

Nadie quedó contento con la orden del Juez, ni blancos, ni negros, ni hispanos. Los racistas blancos se opusieron a la integración racial con furia venenosa. Por todo Boston estallaron balaceras, pugnas sanguinarias, pedradas contra cristales y cabezas, insultos racistas, barullos de golpes.

Se desató la guerra en las calles y las escuelas de la ciudad. Quemaron casas, rompieron ventanas. Hombres y mujeres, niños y niñas, adolescentes y maestros se lanzaron a las calles clamando. Un niño que miraba el desbarajuste por su ventana perdió un ojo cuando una pedrada le reventó la córnea. El odio que blancos y negros sustentaron por siglos se incendió propagándose por todos los resquicios de la ciudad en ruinas. Lincharon negros, asesinaron blancos.

Blanca y Taína se convirtieron en minorías. Así reificadas eran menos que los blancos. Carecían de algo que ellas no podían identificar. Carecían de blancura, de acento bostoniano, de apellidos irlandeses o protestantes, carecían de honor y dignidad porque nacieron extranjeras. Blanca luchó por mantener su identidad intacta, por no caer en la locura de dejar de ser lo que era. No quería asimilarse en un cuerpo ajeno aunque la invasión cultural la apabulló con voces guturales, gustos foráneos, impregnación inescapable. La invasión la arropó con indumentaria extraña borboteando una peste a muerte. Blanca se sintió presa dentro del mármol y raspó el vestido duro con sus trizas de sangre.

Le aterroriza pensar que una mano siniestra la empuje a la vía del tren. ¡Qué muerte tan horrenda! Morir aplastada, vaciada, con los ojos huecos en sus cavidades moradas, los miembros cercenados en minúsculos pedazos por la ira implacable de una máquina de hierro. Le afligía el prospecto de la muerte, ese espectro truculento que pende sobre nuestras cabezas como hacha afilada e impaciente. A veces despertaba en medio de una noche intranquila con la horrible certeza de que iba a morir. La muerte, ese corte brutal del hilo delicado de nuestra conciencia. Esa tijeraza burda que rasga la urdimbre más preciada. Si violento y absurdo es el nacimiento, más violenta y absurda es la muerte.

Una tarde enfurruñada de nubes grises y amenazantes tuvo el impulso morboso de pasearse por el cementerio. Los pinos adustos y los sauces melancólicos formaban un marco lúgubre a las lonjas de granito inscritas. Parecía un ultramundo teñido de silencios pesados y presencias mudas. Un mundo distante y gélido donde sólo el viento osaba girar en danzas macabras. Las hojas ya secas crepitaban en círculos apretados. De pronto todo calló. El silencio absoluto penetró su cerebro como chillido prolongado. Contuvo la respiración pensando que cualquier movimiento podría desvencijar la quietud cetrina que allí había. Pensó en los cadáveres yaciendo bajo sus túmulos fríos, sus cuerpos podados, cumpliendo el astroso ciclo, descomponiéndose y trasformándose en la muerte. Las nítidas tumbas se alzaban en formación patética en medio del orden y la limpieza incongruentes. El olor a flores y hierba mojada tomaba una dimensión nueva, ya no era aroma de naturaleza vibrante, sino olor a caducidad y decadencia. Arrastró sus pies hacia el mundo de los vivos con el alma doblegada bajo la carga de su tristeza.

Miró hacia los rieles con desasosiego y no se atrevió a acercarse demasiado a la orilla de la plataforma. Ese hombre alto y delgado, con los párpados a medio cerrar se veía muy sospechoso. Se mueve al lado de una viejecita aparentemente inofensiva que sostiene posesivamente un bolso plástico repleto de fruslerías. Minuto tras minuto caen como hojas secas. Los túneles tragan los trenes en fuga. Se monta en el esperpento veloz.

Le fastidiaba sobremanera no conseguir asiento. Ahí parada tenía que proteger su cartera. Nunca se sabe de dónde puede emerger una mano desmembrada a privarla de lo que tanto trabajo le ha costado. Tantos cuerpos apretujados... casi no puede respirar. Le sonríe un muchacho. No le contesta. No tiene ganas de hacer muecas. Desde que llegó a este país se siente totalmente desvinculada del género humano y desaparece entre las masas como gota de agua en medio del desierto. Tantas caras extrañas, ajenas a sí, pasan como línea de producción frente a su conciencia. No reconoce nada en ellas. Son caras dibujadas de experiencias foráneas. Caras indiferentes, caras ambiciosas, caras amargadas. No son las caras de su gente. Caras conocidas, amplias, acarameladas, de gamas infinitas. Caras bellas y sufridas, caras generosas por donde el corazón se derrama por los ojos. Cuando tropieza con una sonrisa entre esta laguna de forasteros no puede responder. La confusión la paraliza porque es ella la forastera.

Este juego llamado vivir no lo domina bien. El solo hecho de existir en este ambiente desconcertante le causa angustia, un dolor sordo y corrosivo sin tregua. Mira hacia el mundo que la rodea como a través de ventanas empañadas y lejanas. A veces se sorprende hablando, participando del consuetudinario vivir y no puede entender que ese cuerpo activo sea el suyo. Sufre un desdoblamiento angustioso y se mira desde afuera. Observa sus movimientos como a una extraña y a veces ni se conoce.

El tren se detiene en otra estación, se apeó la versión masculina de Mona Lisa. Menos mal. Si tuviese conciencia de los humanos que pisotean humanidades, quizá no estaría tan presto al rictus espontáneo.

Las ruedas chillan sobre los rieles como gato que se despelleja. Un rubiecito como de tres años está sentado con su madre joven. Sus cortas piernas no alcanzan el piso y las mece como patas de tijera. Blanca no puede dejar de resentir la irresponsabilidad de sus padres al arrojar esta criatura a las tenazas implacables de la vida. Pero, si ella también ha pecado de irresponsable y hoy le pesa mucho la carga de la maternidad. Cuando mira el rostro dulce y delicado de Taína, suave en su apacible paz e inocencia, no se perdona las lágrimas que irremediablemente quemarán su rostro como brasas encandiladas, el desconcierto incomprensible de la pubertad, la desgarradora desacración de sus carnes impolutas durante su primera experiencia sexual, y para colmar el tortuoso derrotero de su vida, la brutal violencia de la maternidad. Luego, año tras año traerán marcas nuevas. Surcos en el rostro, líneas que se agarran con venganza a la piel transparente, decaimiento de bustos, glúteos y esperanzas, rayas blancas en el cabello sedoso. El apagamiento paulatino del lucero vital, y entonces la desintegración total.

Mira su rostro en la ventana sucia donde las marcas de sus años son tan aparentes. El tren hace su última parada y sale la manada en huida rutinaria hacia sus celdas urbanas. Sube las escaleras sucias de la estación, que conducen a las calles sucias de la ciudad. Respira el aire primaveral y con intensidad sensual disfruta la caricia tibia del sol en su rostro. Ya se respira la primavera, aunque no mucho. El delicioso olor a hojas verdes y nuevas se mezcla con el vaho de automóviles, las emanaciones plomizas de las fábricas y convierte sus fosas nasales en ampollas rojizas, mojadas, insultadas. Caminó rápidamente. Siempre caminaba con urgencia. Los pasos firmes sonaban huecamente en el pavimento dirigiéndose hacia el destino tan conocido.

Recordó las calles mugrientas de la ciudad en donde se crió. De niña, exploraba las destartaladas tienduchas del Sur del Bronx y soñaba con las golosinas apetecibles que se exhibían en los escaparates. Muchas veces la fantasía era el único consuelo al hambre. Recordó los inviernos implacables que desataban toda su ira hacia el pobre y hambriento. Su abuela, estricta e inflexible, la obligaba a penetrar la oscuridad fría para hacerle algún mandado. Tiritando de frío, que traspasaba su abrigo ligero como navaja afilada, cantaba de miedo para no escuchar el aullido del viento. La cantinela entrecortada que emitía su vocecita ronca y apenas audible parecía una letanía sombría, un trémulo pedido de auxilio. Hoy divisaba, entre los espectros que habitaban en su memoria, a esa niña flacucha, de cara redonda y mustia, tragada por noches oscuras, temerosa de su propia sombra, conociendo a muy temprana edad el tormento de la soledad infranqueable.

Quiso evitarle ese destino a Taína. No estaba segura de poder hacerlo. Esa mañana regresó al apartamento después de salir a clases para recoger un libro olvidado y encontró a Taína tumbada en el sofá mirando el televisor.

—¿Qué haces en casa, Taína? ¿Por qué no estás en la escuela?

La niña sorprendida, al no saber qué hacer o decir, prorrumpió en llanto para posponer durante algunos minutos la necesidad de revelación.

—Taína, ¿ha ocurrido algo malo? Dime, hija, tú sabes que puedes hablar conmigo. Taína, dime algo, ¿qué pasa?

Blanca sacó un pañuelo de su cartera y tomándole el mentón en la mano le limpió suavemente la cara. Le besó las mejillas y la abrazó muy fuerte, meciéndola hacia la consolación.

Taína dejó de llorar y con un —Ay, mami, soy tan infeliz— renuentemente le contó a la madre por qué no había asistido a la escuela durante dos días consecutivos.

Cuando bajó del autobús escolar el lunes por la tarde, la esperaba una pandilla de muchachos de la escuela y la apabullaron a golpes llamándola basura puertorriqueña, —spik— y varios epítetos que ella ni siquiera quería repetir del repelillo que le daban. Al día siguiente ocurrió lo mismo. La pandilla de mozalbetes le gritó que no querían a puertorriqueños ensuciando la escuela, que se largara. Eso le dijeron, todos asqueados e iracundos.

Blanca, adolorida, intentó consolarlas a ambas con su propia voz.

—Bueno, mañana iremos a la escuela y hablaremos con el Director. Ellos no pueden permitir que ocurran estas cosas. No te preocupes, mi cielo, que todo se resolverá. ¿No es cierto que mami siempre resuelve los problemas?

Taína asintió, aunque no muy convencida.

El próximo día, Taína amocolada y Blanca decidida, con la barbilla alzada, entraron a la oficina del Director. Él prometió encargarse del asunto y durante los próximos tres días, a la hora de salida, acompañó a Taína en el ómnibus escolar hasta su edificio de apartamentos. No hubo incidente. El domingo, a las nueve de la noche, sonó el teléfono en el apartamento.

—¿Está Taína? —preguntó una voz de jovenzuelo.

—¿Quién la procura? —preguntó Blanca sospechosa.

—Dígale que si regresa a la escuela mañana, la van a matar.

Blanca llamó a la Policía. Nada podían hacer, excepto interceptar el teléfono en caso de que el rufián llamara de nuevo. Sólo podrían interferir si le hacían daño a la niña. Blanca se ausentó de la Universidad durante otro día para resolver el asunto.

—Bueno Taína, hasta aquí llegué. No volverás a esa escuela. Mañana trataré de matricularte en una escuela alternativa que hay en Central Square. Es una escuela pública con un número limitado de estudiantes donde se ofrece una educación humanística. Iremos allí mañana, es posible que te guste. ¿Está bien, mi cielo?

Taína asintió, pero aún no estaba convencida de que su tragedia tuviese una resolución tan fácil. ¿Y qué era eso de educación humanística? Apostaba que sería más difícil aún.

Llegaron a la escuela alternativa, hablaron con el Director, los maestros y algunas madres que trabajaban allí de voluntarias. Taína fue matriculada en esa escuela que, francamente, tampoco le gustaba mucho, pero qué remedio. Lo que prefería, si alguien se hubiese molestado en preguntarle, era no ir a la escuela. Cómo la detestaba, cómo había sufrido en nombre de la educación. Esa institución donde no se le permite a nadie ser libre y yo quiero ser libre, intensamente libre. Ya desde el Kindergarden me han paralizado las alas. Ya estarán atrofiadas las pobrecitas.

Todo en la escuela es negativo. No se puede hacer ésto ni aquéllo. Si una está trabajando en un proyecto interesante hay que interrumpirlo porque es hora de hacer otra cosa. Y a veces ni siquiera hay tiempo para terminar lo comenzado. Yo soy meticulosa, me gusta entregar mis trabajos escritos sin un borrón, sin un error, cuidadosamente hechos. Y eso toma tiempo ¡caramba! Pero no, hay que ser rápido además de certero. O una cosa o la otra, ¡caramba! Hasta que me acostumbré a entregar los trabajos hechos con rapidez aunque estuviesen mal hechos.

Taína no tenía muchos amigos. Era la única puertorriqueña en la escuela porque nunca vivieron en barrios predominantemente puertorriqueños. Los blancos la rechazaban porque era de color y los negros la rechazaban porque no era suficientemente negra. Así, Taína cayó en un vacío donde sólo podía identificarse con su madre, quien era tan distinta a ella, que ni la pena valía.

Optó por encerrarse. Se encerró en sí misma la mañana en que salieron del apartamento y encontraron toda la pared exterior pintada en rojo con la exoriación: —Spiks get out— y — Puerto Rican garbage—.

En esos días Mami andaba enamoriscada de un hombre que hasta más joven que ella era y yo lo detestaba con esa sonrisa zángana que tenía. Parecía un nene engreído y para verse mayor se dejó crecer un bigote que se le llenaba de residuos de lo que comía y bebía. ¡Qué asco! Para colmo, se llamaba Augusto. Nunca entendí qué vio Mami en el manganzón ese, pero antes de que batiera una pestaña, ya estaba hablando de vivir juntos los tres y ya verás lo bien que vamos a estar, me decía ella.

Claro, bien, bien. Bien estarían ustedes. Pero lo que era yo, ni se cuente, que nada de bien estaba. Me caía pesado el mandulete y nunca, nunca lo quise. Pensé que mi mamá no me quería ya porque si me quisiera no se ponía a vivir con el mentecato ese que parecía un zanganote. Y ella hasta le besaba los bigotes asquerosos que tenía. ¡Fó! Y sabe Dios qué más hacían cuando se encerraban en el cuarto. En mala hora mi mamá dejó a Jorge. Lo conocí cuando nos llevó al aeropuerto y hasta me compró un perro de peluche como regalo de despedida. Yo sé que quería a Mami, se notaba, pero como él no se casó con ella, lo dejó botado por Puerto Rico, el pobrecito.

Cuando apareció el Augusto, yo me encerraba en mi cuarto y casi ni le hablaba a Mami para demostrarle que yo podía vivir sin ella como ella podía vivir sin mí. Por el zanganote ese que hasta me regañaba como si fuera padre mío. Y Mami lo permitía. Se quedaba callada en vez de defenderme. Me sentía tan sola, tan sola y desamparada.

Pero el Augusto decía que era socialista y a Mami le gustan los socialistas. Yo creo que yo también lo soy porque creo en la justicia social, pero no estoy muy segura porque también me gusta vestir bien y de acuerdo a lo que he visto entre los compañeros de mi mamá, a los socialistas no les gusta la ropa bonita. Son como hippies. Mami fue hippie por un tiempo. Daba vergüenza salir con ella, con los jeans despintados y esas blusitas indias. Y usaba sandalias todo el tiempo, hasta en el invierno, y ni sostén usaba, con los senos tan grandes que tiene.

Volviendo al Augusto, Mami se puso hasta gorda porque se sentía tan infeliz con él porque averiguó que de socialista no tenía ni un pelo.

A veces peleaban y ella le decía burgués. La pobre le aguantó mucho, pero ¿por qué no lo mandó al diablo? Nunca entenderé a las mujeres. Cuando yo sea mujer, seré muy diferente.

Entonces a Mami le dio con ir a Cuba. Que había que observar la revolución de cerca. Que si Fidel Castro ésto, que si Fidel Castro aquéllo. Mami idolatraba a Fidel Castro. Bueno, se fue para Cuba por dos semanas y yo me quedé con una amiga boliviana de mi mamá que es bien buena. Un día fuimos a casa de unos amigos de ella, que también eran bolivianos y conocí a un muchacho bien guapo. Se llamaba Nico y nos enamoramos enseguidita. Él era mayor, como de dieciocho años o algo así y tenía un auto deportivo blanco. Como Mami no estaba para decirme que no lo hiciera, salí con él unas cuantas veces después que salía de la escuela. A veces lo iba a ver al trabajo en la tienda de zapatos de Harvard Square.

Mi mamá regresó de Cuba más revolucionaria que nunca. Yo pensé que ahora sí nos íbamos a fastidiar porque lo próximo que va a decir es, nos vamos a Cuba. Así es ella, se entusiasma por algo y se dedica completamente a lo que sea. Eso pasó cuando se ilusionó con lo que ella llamaba la causa independentista en Puerto Rico que a veces me volvía loca con las discusiones en el apartamento hasta las dos y las tres de la mañana con los hippies esos que conoció en la universidad. Casi no me dejaban dormir, aunque Mami dice que yo duermo hasta en un terremoto.

No acabo de entender lo que quiere decir izquierdista. Ella me explicó un día, pero lo único que me acuerdo es que era una gente que se sentaba en el lado izquierdo de un salón en Francia. Lo que sí sé es que al gobierno no le gustan los izquierdistas y a veces me da miedo por mi mamá. A lo mejor desaparece un día y no la vuelvo a ver, o la meten a la cárcel, los republicanos sinvergüenzas ésos, y como no dejan que nenas vayan a la cárcel, no la vuelvo a ver.

Si no puedo ver a mi mamá, me muero, porque yo la adoro. A pesar de que me enojaba con ella por el mandulete ése y decía que no la besaría más, no era verdad. Es lo único que tengo en la vida y siempre hemos estado juntitas. Ella dice que aunque tengamos que vivir bajo un árbol, ella siempre me llevará a donde quiera que vaya. Eso yo lo sé aunque no me dejara besar de ella cuando besaba al bigotudo ese porque él me daba asco.

Me dolía tanto todo eso. Entonces Mami se puso bien triste y yo no sabía por qué. Yo creo que tenía muchas preocupaciones porque estaba estudiando la maestría y no teníamos mucho dinero. Pero ella siempre me sonreía y me decía que todo iba a estar bien. Y yo le creía casi siempre. Pero una noche, trató de matarse. Se tomó un montón de pastillas de dormir y medio muerta parece que se arrepintió cuando me fue a dar un beso de despedida mientras yo dormía. Llamó al hospital y una ambulancia la vino a buscar. Yo me desperté cuando oí el ruido de los policías y los enfermeros con la camilla y me asusté tanto cuando vi que llevaban a mi mamá que parecía muerta porque tenía la cara blanca. Rosa vino a verme y me dijo que mi mamá estaba en el hospital porque se había enfermado mucho, pero yo ya sabía que se había tratado de matar. Entonces yo me quedé con Rosa por unos días. Por suerte ella se había mudado a Boston cuando dejó al novio que tenía en Puerto Rico.

Después de todo lo que pasó, yo me asusté mucho. No sabía qué hacer si mi mamá se mataba. Entonces decidí que si ella se mataba, yo me mataba también. Yo no podría vivir sin ella y aunque se fuera a vivir a Minnesota, yo me iba con ella. Me di cuenta de lo mucho que ella había luchado por mí y por ella misma.

Después de que trató de matarse, ella y Augusto se dejaron. Él parece que se asustó también y le dio miedo de que un día se levantara y la encontrara muerta. No sabría qué hacer, le dijo, se sentiría muy mal. Él era así, siempre pensando en cómo las cosas le afectarían a él. Era bien egoísta.

Cuando regresó del hospital, mi mamá lloraba mucho en las noches y yo me levantaba a traerle una taza de chocolate caliente. A veces nos abrazábamos porque estábamos tan solas. Pero ella no se venció y terminó su tesis que era un mamotreto de como quinientas páginas, o más. Era más gordo que ninguno de los libros que ella tenía en sus libreros.

Entonces ella estaba bien preocupada por mí y me llevó a una psicóloga para que hablara con ella, pero yo no le iba a hablar a una extraña sobre mis problemas, así es que le dije a Mami que no quería ir más. Y Mami me dijo, —Está bien, cielo—. Ella siempre me decía cielo o tesoro.

Todavía odiaba la escuela, aunque no tanto. Me gustaba hablar con mis amigas y mirar a los muchachos guapos. Mami me dejaba salir al cine y a casa de mis amigas, siempre y cuando no regresara tarde. Ella siempre era bastante lista y sabía si yo había hecho algo malo, o cuando yo pensaba algo, ella sabía lo que estaba pensando. A veces me daba miedo pensar delante de ella por eso. No sé cómo lo hacía. Ella decía que nosotras habíamos estado tan cerca durante tanto tiempo que ya nos adivinábamos el pensamiento. Hasta los períodos estaban así, que caíamos malas las dos a la misma vez.

Mami terminó la maestría después de tomar unos exámenes. La pobrecita estaba tan nerviosa. Ella siempre se ponía muy nerviosa antes de los exámenes y éste era el examen más importante de su vida. Ella siempre decía que se iba a colgar y temblaba de miedo y no podía comer, y hasta pesadillas le daban. Después venía toda contenta porque había sacado A. Yo no sé por que se preocupaba tanto. Si yo sacara A siempre, iba a los exámenes fresquecita como una lechuga.

Cuando pasó los exámenes de maestría, ella se puso bien contenta. Yo no estaba tan contenta como ella, porque ya yo sabía que los había pasado. Ella siempre pasa los exámenes y siempre logra lo que quiere. Así es que nos fuimos al restaurante chino a celebrar que Mami era ahora una Licenciada, y yo le pregunté si ya no iba a estudiar más y me dijo que por ahora no. Bueno, eso no me convenció porque me da miedo que le dé con hacer otro estudio en otra cosa, porque ella es así. Yo le dije que ahora tenía que descansar, que se acordara de la migraña que le dio por estar tan nerviosa. Pero entonces estaba nerviosa porque tenía que buscarse un trabajo. Eso es algo que tiene Mami, siempre tiene que estar nerviosa por algo.

Sus amigas le hicieron una fiestecita y le regalaron una pluma grabada con su nombre y ella estaba tan orgullosa. Yo también me sentí bien orgullosa de ella cuando se graduó porque sé lo mucho que ella ha luchado por todo lo que ha logrado. No hay nadie como ella en el mundo. Eso lo sé yo.

Pero con los amores es un desastre. Mi mamá ha tenido muchos novios. Ella se enamora a cada rato y ve luces por ellos. Cuando se desenamora, como yo digo, entonces les ve todos los defectos que yo siempre vi, porque yo tenía los ojos bien abiertos. Ella siempre dejaba a los novios, unos porque descubría que eran casados, otros porque los dejaba de querer. Y para arrancar un clavo con otro clavo, rapidito se enamoraba otra vez.

Creo que el enamoramiento le mantenía las energías.

Empezó a trabajar de maestra en un programa bilingüe y cada día estaba más deprimida por los problemas con los directores y otros maestros blancos. Los estudiantes de ella también tenían muchos problemas y ella se los echaba todos encima.

Un día me fui a pasar un fin de semana a casa de una amiga mía que vivía con su familia en una casa bien linda cuando mi mamá trató de suicidarse otra vez y me sentí bien culpable porque yo no estaba con ella. Por suerte, Rosa la llamó esa noche y notó que ella estaba soñolienta de todas las pastillas que se tomó y llamó a la ambulancia y a la Policía. Pero en el hospital Mami se cortó las venas también y la descubrieron a tiempo. Se me paran los pelos de pensar qué pasaría si mi mamá se muere porque aunque yo a veces me enojo con ella siempre la quiero y siempre sé que puedo contar con ella. Ahora no estoy muy segura, aunque cuando la visité en el hospital me dijo que se sentía mejor y me prometió que no iba a tratarlo más. Pero yo no sé, no estoy segura. Cuando salga del hospital, que me dicen va a ser pronto, la voy a velar bien para asegurarme de que no lo vuelva a hacer. Quizá la pueda convencer de regresar a Puerto Rico porque yo sé que ella se siente muy sola en este país. Adonde quiera que ella vaya yo me voy con ella. Bueno, menos a Alaska o algo así.

Capítulo XVI

Su pasado la apabullaba inclemente. Quería mondarse la piel tatuada de carcomillos secos como costras de sangre. Le escocía algo por dentro, robándole la tranquilidad. Miguel le causaba vértigo rondando los pasillos con el pelo parado como la corona de una piña. Blanca intentaba leer mientras sentía su sombra acercarse y alejarse densamente. El silencio le chillaba en el cerebro como frenazo de bicicleta en el pavimento. A nadie le importaba su existencia aquí, ni siquiera al psiquiatra soñoliento. Ella cavaba constantemente dentro de su ser para arrancar con las uñas lo que quedaba de su pasado que era todo lo que quedaba porque el presente no existía y el futuro no puede existir sin presente. Afuera se cansaba de explicarse a sí misma, de identificarse como mujer, como puertorriqueña, como hispanoparlante, aquí en cambio, nada importaba y se sentía tan fuera de sí como una aldaba sin puerta. Los ojos de los otros la miraban sin reconocerla. Era transparente, o peor aún, un mueble. Su abuela la había llamado mueble inútil constantemente, y ahora, en medio de seres que no veían, eso era ella.

Celia y Blanca calzaban las mismas raíces magras que como dedos hambrientos calaban los peñascos con sus uñas duras intentando hundirse hasta desaparecer abastecidas. Al descubierto, como arañas, sólo se sustentaban de los mendrugos del recuerdo. A veces hablaban de Puerto Rico temerosas de envenenar sus recuerdos con palabras derramadas en el frío de las paredes grises. Trepidando ante la posibilidad de que alguien las escuchara y les ordenara hablar en inglés porque —están en América ahora— como si Puerto Rico estuviese en Australia, cuchicheaban en español cuando apagaban las luces y antes de que los somníferos las arrasaran a sus sueños sin alivio.

Pasó la hora de la comida. El punto culminante del día. La ceremonia vespertina presagiando siempre el descanso ilusorio. Otro día pasando. Otra gota cayendo para perderse en una ciénaga. Luego se sentaron los más despiertos ante el televisor donde aparecían caras locamente contentas, fingiendo felicidades con sus voces desplayadas cantándole a los vicios, a las virtudes de la limpieza absoluta con poco esfuerzo, a la dulzura artificial con pocas calorías, a los autos largos, a los autos cortos, a las hemorroides conquistadas y las pastillas combatidoras del estreñimiento.

Blanca se levantó disgustada buscando un rincón apartado en el salón comunitario para leer o escuchar el zumbido de su cabeza. Miguel no podía sostener su atención por tiempo prolongado en ningún lugar y deambulaba fumando alrededor del salón y por los pasillos.

El hijo de Nina entró a la hora de visitas para cumplir con su madre bramadora. Ella estaba tranquila esa noche. Otros enfermos conversaban serenamente con sus cónyuges, hijos y amigos. Pero el hijo de Nina los miraba a todos con zozobra, sentado a la orilla de su silla, exprimiéndose los dedos como trapos mojados. Asustado, parecía listo para subir al cadalso.

Blanca se fijó en las manos inquietas de hombre cuando sonó el timbre del teléfono. Sonó tres veces, como la noche en que Bernarda la llamó larga distancia.

—Aló, aló. ¿Sabes quién te habla?

—Seguro que sí. Bendición, abuela.

—Dios la acompañe.

—¿Cómo estás?

—Pues, ahí, regular, como siempre. ¿Sabes de dónde te estoy llamando?

—Supongo que de Puerto Rico.

—No, mija, estoy en casa de Benjamín.

—¿Estás en Nueva York?

—Sí, vine esta noche de sorpresa y le di la sorpresa del siglo a medio mundo. Je, je, je.

—Me imagino, Pero ¿qué haces en Nueva York?

—Pues vine porque quiero investigar las cosas para venirme a vivir por acá.

—¿Con quién, con Papi?

—No, que va, si tú sabes que ese muchacho vive solo en un apartamento que ni él ni las cucarachas casi caben. Y Félix, ni se diga. Ese no quiere saber nada del asunto. Dice que no me permite vender la casa en

Puerto Rico, pero como yo le dije, yo tengo un poder legal que él mismo firmó y puedo hacer lo que me dé la gana con la casa.

—Sí, abuela, pero dime ¿con quién vas a vivir allá en Nueva York?

—No, no, mija, yo no me voy a quedar aquí, me voy a vivir contigo.

—¿Conmigo?

—Sí, sí, todos mis hijos me dicen que como yo estoy tan vieja y enferma, que debo estar con alguien que pueda hacer por mí, y como tú eres la única hembra en la familia, te pertenece a ti porque ellos son hombres y no saben de esas cosas. Así es que me estoy preparando para irme contigo.

—Abuela, mira. Esto no puede decidirse así tan fácilmente. Tú no sabes cuál es mi situación. Yo estoy estudiando muy fuerte ahora, escribiendo una tesis y tengo muchas presiones encima, tanto de trabajo como de estudio. En estos momentos no puedes venir a vivir conmigo. Lo siento mucho, abuela, pero debiste consultar conmigo antes de tomar una decisión así.

—¿Qué? ¿Qué tú has dicho canto de malagradecida? Después de que te di la vida, que te di el ser que tienes, me abandonas en mi vejez. Después de que te salvé de la muerte segura que era lo que te esperaba cuando estabas desnutrida por esos campos de Arecibo. Así me pagas, verdad, canto de sinvergüenza. Debí imaginarme que me tratarías así, abandonándome ahora que estás en tus lindas por acá. Ahora que estoy vieja y enferma, no te sirvo para nada, verdad, so granuja. Permita Dios que tu hija te haga sufrir lo que tú me has hecho sufrir a mí porque el que a palo mata, a palo muere. Mal fin de Dios tengas.

El trac del teléfono colgado le retumbó en las sienes.

Blanca no salió de los rastrojos. Como el tamo acumulado debajo de la cama, su conciencia recogía camadas de sentimientos de culpa casi imperceptiblemente hasta que los aspiraba y le retumbaban detrás de su nariz provocando un llanto seco, un gorgoteo en la cabeza, como si las lágrimas se desbordaran por los túneles de su laberinto.

Sacudió la cabeza cuando el hijo de Nina se levantó presuroso habiendo cumplido con sus quince minutos de visita, besó la frente de la anciana y reparando de lado a lado sobre los hombros encorvados, se aseguró de no sufrir un ataque sorpresivo. Trotó hacia la salida.

Taína y Rosa no vendrían esa noche. Las extrañaba mucho, especialmente a Taína. Siempre aparecía sonriendo, contándole exageradamente las cátedras aburridas de sus profesores con muecas, inflexiones y gestos para hacerla reír.

Juan, el esposo de Celia, cruzó el salón comunitario a grandes trancos. Por un segundo, chupó la luz del pasillo con su corpulencia. Atravesó el umbral. Celia se acercó lentamente como un fantasma.

—¿Cómo está Juan?

—Él está muy bien.

—¿Qué te ocurre, Celia?

—No sé, no sé. No puedo pensar. Me siento tan vacía por dentro, pero es un vacío doloroso. No sé cómo explicarlo.

Las lágrimas le corrían anegándole las mejillas y cayéndole al pecho, mientras parpadeaba de vez en cuando. Parecía no advertir su cara mojada.

—Juan me acaba de informar que consiguió una muchacha muy buena para cuidar de los niños, limpiar la casa y cocinar. Vive en la casa, así es que ya tengo una sustituta. Seguramente es joven y bonita. Dice que no debo ver a mis hijos por ahora y el psiquiatra está de acuerdo. No es terapéutico, especialmente ahora que me aumentaron las sesiones de terapia electroconvulsiva.

—¿Cuántas sesiones te faltan ahora?

—No sé. El psiquiatra me dijo, pero se me olvidó.

—Quizá pronto empieces a sentirte mejor. Quién sabe.

—Sí, quién sabe, yo no sé, el psiquiatra no sabe, nadie sabe. Lo que sé es que lo he perdido todo, hasta la dignidad. ¿Qué dignidad puede haber en una mente enajenada como la mía? ¿Qué dignidad puede existir en un cuerpo convulsado periódicamente por corrientes eléctricas? Ya perdí lo más importante, perdí el control sobre mi propia vida, sobre mi propio destino. No me queda nada.

Celia se levantó como si respondiera a un llamado. Miró a Blanca con sus ojos tristes.

—¿Qué puedo hacer Blanca? No, no digas nada. Nadie puede decirme porque no me queda la voluntad para hacer. Lo he perdido todo.

Viró la espalda y se encaminó hacia los dormitorios. Blanca quería alentarla. Sabiendo que era inútil, lo intentó de todas maneras.

Encontró a Celia tirada en la cama mirando el techo oscuro. Ya no lloraba. Blanca le tomó una mano mientras sentada al lado de su compañera miraba hacia la oscuridad que había más allá de las barras de la ventana. Pensó en el mundo exterior, acomodado dentro de la oscuridad como embrión. Había tanto allá afuera. Gente, viviendas para la gente, autos para la gente, tiendas para la gente, parques y cines para la gente. La gente va y viene, un cardumen nadando en la oscuridad, cada persona con un propósito aparente, pero en realidad siguiendo la manada.

En su cuarto oscuro Blanca y Celia desafiaron la manada. A torozones cayeron asfixiadas por la falta de agua, mientras los demás nadaban.

La enfermera entró a las nueve.

—¿Qué hacen ustedes ahí, en esta oscuridad?— preguntó mientras encendía las luces.

—Estamos hablando— mintió Blanca frunciendo la cara mientras se ajustaba a la claridad del cuarto.

—Bueno, ya es hora de tomarse los somníferos. Así se quedan tranquilitas toda la noche.

Blanca no entendió por qué las debían tranquilizar. No obstante, tomó su pastilla roja y el vasito de cartón lleno de agua ofrecido por la enfermera. Tragó la pastilla y un sorbo de agua rápidamente. Celia se tomó la suya y viró la cara hacia la pared.

A las diez en punto apagaron las luces. Las enfermeras revisaron los cuartos asegurándose de que sus pacientes dormían.

—Buenas noches— le dijo Blanca a Celia. No le respondió. Blanca cayó en sus sueños de sopetón. Parada en un cuarto tan brillantemente colorido que casi le lastimaba la retina, caía al suelo cuando las paredes rojas flotaban en trozos y unas caras lanzando carcajadas se asomaban debajo del techo. Desde el suelo, Blanca se admiraba de los rojos, los azules y verdes, todos colores primarios de una brillantez risueña. El piso tambaleaba y las paredes flotaban con los muebles fijados sobre ellas como maquetas aplastadas. Entonces apareció el terror desnudo y Blanca no pudo escapar. Intentó gritar, pero la fuerza invisible le agarró la garganta. Como torbellino la alzó por las piernas hacia el cielo raso, aplastándole el pecho contra una negrura férrea. Enmarañada en sus pesadillas escuchaba su propia voz instándole: —despierta, despierta— pero no pudo despertar hasta que la fuerza se cansara de su juego avieso. Hendidos los ojos cayó parada de un salto en medio de la habitación, el corazón batiendo como puerta abierta en un huracán. Miró a su alrededor y vio el gavetero. Lo miró detenidamente.

¿Dónde estoy? pensó. ¿Dónde he visto eso? Me es conocido, pero ¿qué es? Miró la silla al lado de la cama de Celia. Un resquicio de su cerebro la reconoció como silla, como silla que había visto en algún lugar, pero no la reconoció. ¿Dónde estoy, dónde estoy? pensaba aturdida.

El alba comenzaba a cuartear la noche y una claridad de tul penetraba la ventana estrecha como bruma. Los pájaros gárrulos despertaban el silencio con sus chirridos.

Parada descalza, Blanca escrutó la silla, el gavetero, la ventana, rumiando con una concentración grimosa, sondeando el vacío de su memoria por un indicio que le ayudase a identificar su paradero. Como una cuadripléjica sólo los ojos le oscilaban de lado a lado. Cuando sus ojos no encontraron el reconocimiento buscando, con esfuerzo formidable inclinó la cabeza y la rotó hacia la cama de Celia.

Había un bulto acostado debajo de una manta del color de arena mojada. Una mancha casi negra oscurecía la manta. Siguió las configuraciones de la mancha al piso. La claridad tiraba rayos al cuarto ahora. Los pájaros alborotados quedaron mudos. El silencio retumbó como respiración de un maratonista. El terror le agarró la garganta. Intentó arrancarse de su cuerpo y volar, como mariposa mordida hacia el olmo. Abrió la boca destemplada estrellando el silencio que le reventó los pulmones. Cayó gritando finalmente en el charco de sangre negra, lapachando en su clamor vital que ahora yacía quieto.

Amarrada con correas de cuero a la cama, Blanca vio cuando se llevaron el cadáver a través de sus ojos cuarteados. Luchaba por combatir el barbitúrico inyectado en su nalga. No podía claudicar. Debía permanecer despierta oliendo la sangre que le colgaba con su olor mordaz en los poros. Sentía la sangre seca en su cara, en sus manos, pesada como una quemazón, apretándole la piel, pidiéndole vida, demandando aliento. Era su herencia.

En su acto de autoinmolación, Celia escanció su vino generoso ejecutando un plan cuidadosamente diseñado. Simuló tomarse el somnífero ocultándolo debajo de la almohada donde guardaba también un vaso hurtado del comedor. Envolviéndolo en una toalla para amordazar su chasquido, lo rompió. Se levantó y asegurándose de no haber despertado a Blanca, tomó una lasca de cristal. Se acomodó en la cama con la manta cubriéndola hasta la cintura. Palpó sus muñecas delgadas con suavidad. Sin una mueca, rajó las venas de una y rápidamente pasó el cristal ensangrentado a la otra mano. Antes de agotar sus fuerzas tajeó su otra muñeca mientras el corazón le latía alocado. Con sus manos chorreando sangre, tomó la manta y cubrió su cuerpo. Debajo de su mortaja sintió el dolor de sus muñecas rajadas y el corazón que latía cansado. Un frío la arropó y quedó ciega, el cerebro nadando callado en una nube de escarcha. Las neuronas casi se amotinan, pero cansadas de levantar avisos se deslizaron hacia la sangre y allí quedaron dormidas.

Capítulo XVII

Los tulipanes florecieron tarde ese año, pero al fin la primavera estalló con sus colores y calores. El invierno, recalcitrante como anciano que se niega a morir, se prolongó por capítulos interminables. Se sentía contenta por la calidez que era su sostén aunque su amapola se negaba a florecer en ese ambiente y los coquíes permanecían vivos sólo en su recuerdo. Las enfermeras iban y venían emanando eficiencia profesional. No se puede ser humano en uniforme.

El salón comunitario estaba alborotado esa tarde. Decían que era la fiebre primaveral. Todos querían salir, les picaban las plantas de los pies. Las enfermeras mantenían el control a duras penas. Todos estaban alertas. Menos Blanca. Estaba tranquila. El doctor Hackman le daría de alta. Se iría mañana en la mañana tan pronto él firmara los papeles. Esteban la vino a felicitar, no sin antes darle un sermón de cómo debía comportarse en el mundo exterior. Como si fuese una niña. Tenía una cita para la terapia con el doctor Hackman en su consultorio privado de Boston. Regresaría a su apartamento de olores tan conocidos. Abrazaría a Taína absorbiendo su aroma de niña amada y la llevaría al parque para juntas correr entre las mariposas. Escribiría un poema.

Fue al baño. Se desnudó y dobló su ropa cuidadosamente sobre un banco de madera poniendo su ropa interior debajo de su vestido. El duchazo caliente la relajó cuando le cayó sobre la nuca y la espalda.

Con el cabello aún mojado se vistió y fue a su habitación para recoger sus cosas. Caminó hacia la cama de Celia que permanecía vacía porque aún no había llegado ninguna paciente a ocupar su lugar. Blanca acarició la almohada portadora de tantas lágrimas secas. Olió la sangre de Celia que ella mantendría viva, caminando por las calles, besando a su hija, desenlazando los nudos de Camus, cargando con ella la angustia de vivir, pero también su dicha. Siendo la portadora de esa sangre ajena, se sentía como una mujer embarazada temerosa de tomar cafeína o fumar por temor a lesionar al feto. No permitiría las drogas terapéuticas, ni los desganos de vivir. Debía ser fuerte ahora para que nadie lograra apagar sus ojos despiertos, ni sus sueños, ni el aliento de sus poros. Se acostó en la cama vacía y cubrió su cuerpo con la manta limpia. Era su herencia.

Blanca salió al comedor, eran las cinco. Ya Miguel, Silvia, Cástulo y Nina se habían acomodado en sus sillas. Blanca se sintió un poco culpable y ocultando su alivio ante la libertad que le esperaba, se acercó a la mesa. Nina no recordaba que aún no había comido y se levantó a caminar un rato antes de las visitas. La enfermera la tomó del brazo, sentándola nuevamente al pie de la mesa. Nina ya había olvidado que creía haber cenado esa noche.

Blanca comió despacio. Sabía que nunca regresaría a esta tumba de millones de higueras. Era una tierra amarga donde se descuaja el ser y permanece expuesto en carne viva, ardiendo constantemente como quemadura. No, no volvería jamás. De eso estaba segura. Ya había cumplido su condena por pecados pasados y por venir. Agarrándose a su cordura, como náufrago, sabía lo fácilmente que podrían arrancársela, como a Celia con sus ojos de Olimpia de Manet.

La vida le era confusa aún, una guedeja enredada. Se veía niña rezándole a la muerte. Se veía mujer tratando de acallar el rezo. Mas la niña ya era sólo un recuerdo y la mujer tomó una realidad dura, maciza como castillo medieval. La niña que imploraba por morir, perdió su vigor mohíno cuando Blanca tuvo que ahogarla en su propia sangre.

La tarde le olía a tambores con recuerdos primigenios. Era el destino, con sus botas taconeando. Intentó enderezar su máscara olvidando que ya no existía.

Durante la cena todos chachareaban. Blanca terminó sin saborear la comida. A las siete vino Taína. Como dos conspiradoras se amontonaron en una esquina para planificar la salida.

—Si tú quieres, falto a la escuela mañana y te vengo a buscar, Mami.

—No, tesoro, no es necesario. Además quiero salir de aquí sola, sobre mis propios pies, sin recostarme sobre nadie. Llegué humillada, pero quiero salir con alguna dignidad, ostentando la fortaleza que tengo ahora.

—Ay Mami, pero yo no quiero ir a la escuela mañana. Voy a estar tan nerviosa. El día me va a parecer un siglo esperando verte en casa.

—Bueno, tengo una sugerencia entonces. Por la mañana, en lugar de ir a la escuela, ve a casa y espérame allí. Entonces podemos celebrar juntas todo el día. ¿Está bien?

—Sí, sí, vamos a comer a los chinos y yo te doy el regalo que te hice en la clase de carpintería. Ay Mami, qué bueno que vas a salir de aquí. Yo odio este lugar.

—Ya falta poco, mi cielo. ¿Tú tienes la llave del apartamento, verdad?

—Sí, está en casa de Rosa guardada. Yo se la pido esta noche. Ella no pudo venir porque a John se le descompuso el carro y ella lo tuvo que llevar al trabajo. Quiere que tú la llames enseguida que llegues.

—Mira, están avisando el fin de las visitas. Ten cuidado en el tren. Nos vemos mañana.

—Hasta mañana, Mami.

Blanca le sonrió a las sombras antes de dormirse. Cayó tan lenta en un hoyo negro, profundo. Le llegó el olor a barro espeso y mojado con el sereno de la madrugada. Poco a poco los rincones la arroparon con sus pétalos enormes, suaves como pelusa de recién nacido y soñó con agua tibia, sin nieve, que le limpió la piel lamida de lodo hasta que acostada en su desnudez, no soñó.

Nadie le habló durante el desayuno. Ella casi no pudo comer, pero intentó atragantarse del café que la mantendría alerta. Regresó a recoger la maleta de su habitación, llena de papeles porque casi no traía ropa. Esperó sentada a la orilla del catre a que el doctor Hackman la diera de alta. Esteban vino a despedirse. También la enfermera, quien traía en la mano el papel libertador.

La enfermera la acompañó hasta la puerta. Salió del ala psiquiátrica y las puertas macizas cerraron tras ella con un eco profundo. Caminó el pasillo largo, encerado. Sus zapatos de lona y goma no hacían ruido al pisar. Pausó unos segundos frente a la puerta de salida, la puerta final, la que abriría todas las puertas. La empujó con fuerza y sintió el aire tibio rozarle la cara.

10 de octubre de 1986
Atenas, Grecia.

Alba Ambert nació en El Fanguito en San Juan, Puerto Rico. Cursó estudios en las escuelas públicas de Nueva York y Santurce y completó su bachillerato en la Universidad de Puerto Rico. Obtuvo grados de maestría y doctorado en Harvard University. Se ha desempeñado como maestra en programas bilingües, investigadora y profesora universitaria. Durante muchos años abogó por los derechos educativos de las minorías lingüísticas en los EE.UU. Además de su trabajo literario, ha publicado numerosos libros y artículos sobre bilingüismo y el testimonio oral *Every Greek Has A Story* (1992). Su obra narrativa incluye *Porque hay silencio*, ganadora del Premio de Literatura del Instituto de Literatura Puertorriqueña en 1990; *A Perfect Silence* (Arte Público Press, 1995), ganadora del Carey McWilliams Award de 1996; *The Eighth Continent and Other Stories* (Arte Público Press, 1997) y los cuentos para niños: *Cara al cielo* (1998), *Trueno de la tierra* (1997) y *El soplar de los vientos salvajes* (1998). Es autora de los poemarios *Gotas sobre el columpio* (1980), *The Fifth Sun* (1989), *The Mirror Is Always There* (1992), *Habito tu nombre* (1994) y *At Dawn We Start Again* (1997). En 1997 se le otrogó el Premio Presidencial de la Asociación de Educación Bilingüe de Massachusetts en reconocimiento de sus contribuciones a la educación bilingüe y a la literatura.